끝나지 않은 잠언 箴言

'어머니 정신'을 이어가기 위해
이 책 인세의 일부는
독거노인 생활 안정 지원 사업에 쓰입니다.

끝나지 않은 잠언

발행일   2016년 08월 12일

지은이   박 학 범
펴낸이   손 형 국
펴낸곳   (주)북랩
편집인   선일영   편집   김향인, 권유선, 김예지, 김송이
디자인   이현수, 신혜림, 윤미리내, 임혜수   제작   박기성, 황동현, 구성우
마케팅   김회란, 박진관, 오선아
출판등록 2004. 12. 1(제2012-000051호)
주소   서울시 금천구 가산디지털 1로 168, 우림라이온스밸리 B동 B113, 114호
홈페이지 www.book.co.kr
전화번호 (02)2026-5777   팩스   (02)2026-5747

ISBN   979-11-5987-125-2 03810(종이책)   979-11-5987-126-9 05810(전자책)

이 도서의 국립중앙도서관 출판예정도서목록(CIP)은 서지정보유통지원시스템 홈페이지(http://seoji.nl.go.kr)와
국가자료공동목록시스템(http://www.nl.go.kr/kolisnet)에서 이용하실 수 있습니다.
(CIP제어번호: CIP2016018934)

성공한 사람들은 예외없이 기개가 남다르다고 합니다.
어려움에도 꺾이지 않았던 당신의 의기를 책에 담아보지 않으시렵니까?
책으로 펴내고 싶은 원고를 메일(book@book.co.kr)로 보내주세요.
성공출판의 파트너 북랩이 함께하겠습니다.

끝나지 않은 잠언箴言

격변의 현대사 속에서
희생으로 가족을 지켜온
한 어머니 이야기

박학범 지음

북랩 book Lab

이 책을 사랑하는
나의 어머니에게 바칩니다.

'어머니 정신'이 진하게 여과된 한 편의 파노라마,
애잔하면서도 뜨겁게 마음을 두드리다

『끝나지 않은 잠언箴言』은 어머니의 희생적인 사랑을 단번에 느끼게 하는 마력이 있다. 말로 표현할 수 없는 어머니에 대한 뭉클함이 진한 감동을 안고 파도처럼 밀려온다. 문장마다 '어머니 정신'이 진하게 여과되어 한편의 파노라마처럼 뜨겁게 불타오르고 있다.

작가는 어머니의 은혜를 진실되고 담담하게 써내려 가면서 어머니의 가없는 은덕을 주저 없이 고백하고 있다. 어머니께서, 말씀과 몸으로 실천하시면서 겪었던 행동 하나하나가 삶의 뒤안길에서 꿈틀거렸던 삶의 교과서라고 설파하면서, 그 지울 수 없는 사랑의 현주소를 가감 없이 드러내고 있다.

작가는 외친다. 비록 처절한 가난과 어떤 고난일지라도 어머니의 사랑은 용광로처럼 활활 타올랐다고. 그리고 그 속에서 성공의 밑그림을 그릴 수 있었노라고. 이 시대의 모든 이들이 읽어야할, 살아있는 삶의 인문학人文學! 이 책에 그 답이 있다.

특히 자라나는 청소년들에게 일독을 권하고 싶다.

- 전 부총리 겸 교육부장관 **황우여**

햇살처럼 내리는 어머님의 사랑,
그 사랑 감사해요 효도하며 살래요!

사람은 태어날 때 오장육부五臟六腑의 장기를 가지고 태어난다. 여기에 '마음心'을 더해 오장칠부라고 부르기도 하는데, 이렇듯 마음은 사람에게 있어 끊을 수 없는 무형의 장기다. 또한 이것은 어떤 마음을 담아내느냐에 따라 '사람의 됨됨이'가 결정됨을 가르치고 있다.

효는 사람 됨됨이의 근본이자 숭고한 인류 지선至善의 가치다. 낳아주시고 키워 주신 어머니의 은혜를 말해 무엇하랴! 성서는 '효'의 실천을 명령하고 있다.

> "네 부모를 공경하라."
>
> — 출애굽기 20장 12절 개역한글

여기, 어머니의 그 마음을 알아차리고 예리한 통찰력으로 어머니의 희생적인 삶을 알차게 담아낸 책이 있다. 눈에 보이지 않는 효를 눈에 보이도록 가시화하여 애잔한 감동으로 우려내고, 극심했던 가난을 희망의 씨앗으로 맞바꾼 위대한 '어머니 정신'을 담담히 써냈다. 실로 백수白壽를 목전에 둔 어머니의 값진 흔적을 애절한 효심의 향기로 발산하고 있다.

나는 이 책을 읽으면서 다시 한 번 어머니의 마음에 빠져 들었다. 나 또한 학비를 내지 못하여 초등학교 졸업장을 받지 못했던 아픔이 있으니, 페이지마다 묻어 있는 이야기들은 내 어머니이기도 했다.

시대를 초월하여 읽어야 할 가정 윤리서로 명심보감이 있다면, 백행百行의 근본인 '효'를 담담한 필체로 엮은 '효심보감'이라고 부르고 싶다. 이 책의 부제를 효심보감孝心寶鑑이라고 하면 어떨까. 한 번 읽어보라고 말하고 싶어서다.

- 성산효孝대학원대학교 설립자 겸 명예 총장 **최성규**

내 가슴이 쿵!

2015년 5월 8일은 마흔 세 돌 째 맞는 '어버이날'이다. 요양병원에 입원하셨으니 축하는커녕 슬픔의 날이 되고 말았다. 백날이고 천 날이고 더 사실 줄 알았는데, 그토록 강하시기만 했던 어머니가 병원에 입원했다니 믿기질 않는다. 가이없는 어머니의 삶의 궤적이 마음에, 기억에 아픔 되어 여울진다.

누구에게나 어머니라는 존재가 그렇듯 내게도 어머니의 존재는 각별했다. 정말이지 그냥 지나칠 수 없는 아픔이 파도처럼 밀려온다.

'우리 어머니가 어떤 분이신데….'

대단하다못해 위대하기까지 했던 인생 여정이, 아침이면 어김없이 뜨는 해처럼 자연스럽게 회상되어 주마등처럼 스친다.

어머니의 인문학(人文學, Humanities)!

거창한 말 같지만 적어도 나에게는 이 말이 조금도 생소하지 않다. 어렴풋이 느껴지는 어머니의 인문학은 한마디로 괜찮은 '사람 됨됨이'다. 어머니의 생각과 행동, 사상과 의지 속에 '사람 됨됨이'의 가치가 정갈하게 묻어 있다고 생각하기 때문이다.

정말 그랬다. 어머니는 올곧게 그 길, '어머니의 길'을 걸으셨다. 가난한 남편을 지아비로 두신 어머니는 칠남매를 먹이고, 입히고, 가르치기 위해 어머니의 길을 마다하지 않으셨다. 무소유와 자기희생에 젖어 있는 아버지의 생활 방식은, 의식주 해결이라는 엄연한 현실 앞에 전혀 가치가 없었다. 예수도 들에 모인 무리들의 먹거리를 해결하는 데 우선순위를 두지 않았나? 목마른 자에게 물을 주고 주린 자를 먹이라고 가르치지 않았나?

아버지는 직장이 없었다. 땅도 없었고 농사짓는 법도 모르셨다. 애국, 애족의 이념과 철저한 반공 사상에 머리가 묶여 있었던 아버지는 현실에는 관심이 없었다. 칠남매는 먹이를 기다리는 제비 새끼처럼 입을 크게 벌렸지만 아버지는 먹이를 물어다 채워주질 못했다.

그러나 이곳엔 '어머니'라고 하는 큰 바위가 버티고 있었다. 어머니라는 존재감은 마치 신기한 요술방망이가 되어 아버지의 빈자리를 메웠다. 인내와 노력과 도전의 방망이요, 가능성을 두드리는 희망의 방망이요, 할 수 있다는 기대와 바람(Wish)의 방망이였다. 무에서 유를 만들어 내고, 불가능이란 있을 수 없다고 휘두른 창조의 방망이었다.

어머니에게는 '헝그리 정신'이 있었다. 이상과 현실을 잘 버무린 정신이라고 해야겠지? 동전의 양면처럼 정신과 물질이 하나 된, 곧 균형 잡힌 합리적 정신이 있었다. 철저한 실용주의(實用主義, Pragmatism)의 교본이셨다. 이 정신은 어디에서 비롯되었을까? 모성애에서 비롯된 '어머니 정신'이 그것이다.

어머니는 잡초 같은 인생을 사셨다. 처참하게 짓밟히고 깨졌다. 그리고 갈기갈기 터져 부서지고 바스라졌다. 그런데 백수를 누리고 계시다니? '기적'이란 말 외에 다른 설명이 필요 없다. 번쩍이는 황금처럼 당당하게 걸어오신 그 길! 나는 자식으로서 이 모습을 그대로 둔 채 어머니를 천국으로 보내드릴 수가 없었다. 그 흔적을 남김없이 보관하여 보석처럼 귀중했던 지난날의 흔적을 '인생 박물관'에 보존하여 대대로 알리고 싶었다.

그 걸음에 담긴 애환은 이제 이 글에서 하나 둘씩 밝혀나갈 것이다. 때로는 슬픈 마음으로, 때로는 안타까움으로, 때로는 뼈저린 아픔으로 '어머니 정신'을 되돌아 볼 것이다.

아! 보석 같은 지혜 이야기, 인생보감人生寶鑑이어라!

> "너희가 두 눈으로 본 것들을 명심하여 잊지 않도록 하여라. 평생토록 그것들이 너희의 마음에서 사라지지 않게 하여라. 그리고 그것을 자자손손 깨우쳐 주어라."
>
> — 모세, 신명기 4장 9절 하반절 공동번역 개정판

2016년 8월
지은이 쓰다

제7부 어머니의 길

지혜의 격언

G. G. Byron
(1788년~1824년)

"미래에 대한 최선의 예언자는 과거다."
"가장 뛰어난 예언자는 과거다."
"과거를 잊는 자는 미래를 포기하는 것과 같다."

- G. G. 바이런

"나는 과거를 연구하며, 미래를 산다."

- 터너

"역사는 예언의 두루마리를 펼치는 것이다."

- 가필드

"미래를 알고 싶으면 먼저 지나간 일들을 살피라."
"지나간 일은 맑은 거울 같고, 미래의 일은 칠흑처럼 어둡다."

- 명심보감

"맑은 거울은 형상을 살피게 하고, 지나간 옛일은 이제 될 일을 알게 한다."

- 공자

"과거를 되돌아 볼 수 없는 사람은 과거를 되풀이하는 운명을 가지고 있다."

- 산타야나

"과거의 일을 과거의 일로서 처리해 버리면, 우리는 미래까지도 포기해 버리는 것이 된다."

- W. 처칠

"무엇인가를 의논할 때는 과거를, 무엇인가를 누릴 때에는 현재를, 무엇인가를 할 때에는 미래를 생각하라."

- A. 쥬벨

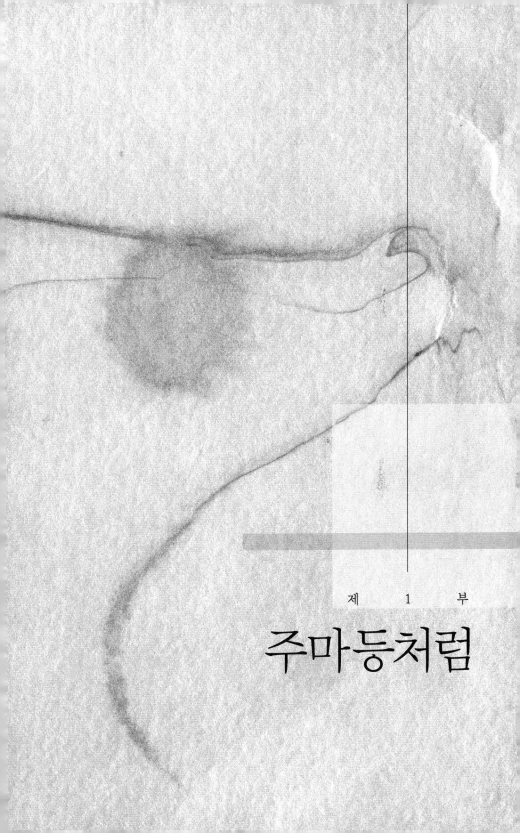

제 1 부

주마등처럼

어버이날의 슬픔

어머니가 몹시 편찮으시다. 거동이 중지되다시피 되었고 식음마저 자유롭지 못하다. 요양 병원에 입원하셨으니 남들 걱정이 나의 일이 되어 버렸다. 얼마 전까지만 해도 백수를 잘 넘기실 거라고 나는 물론 여러 사람들이 생각했다,

어머니는 1919년 기미년, 즉 유관순의 3·1 독립운동이 일어난 그해 음력 11월 7일(동짓달 초이레)에 태어나셨고 올해(2016년) 아흔 여덟이 되셨다. 그리고 명년엔 백수白壽시다.

1919년은 일본 사람들이 우리나라를 강탈한지 10여 년 되던 해였으니, 어머니는 서슬 퍼런 일제치하에서 태어나는 바람에 꽤나 고단한 청년기[1]를 보내셔야했다. 게다가 스물여섯 살이 되던 1945년에 일본군국주의의 압제로부터 해방이 되고, 그 후 불과 5년 후에 6·25 동란(한국전쟁)이 터졌으니, 격랑기에 꽃다운 젊음을 보낸 근대사의 산증인이기도 하다.

---

1 일제 치하에서 25년 9개월 8일간을 사심.

1999년에는 결혼 60주년 회혼례回婚禮[2]를 올려드렸다. 거슬러 올라가면 1939년, 갓 스물한 살에 아버지와 결혼을 하셨다. 그 시대를 살았던 어머니들의 통과의례通過儀禮였던 극심한 가난 그리고 혹독한 시집살이는 어머니에게도 예외가 아니었다. 말이 결혼 생활이지, 칠남매를 낳아 기르기까지 뭐라고 표현해야 어머니가 위로를 받으실까. '생지옥!' 지나친 표현 같기는 하지만 그래야 어머니의 원한을 조금이라도 덜어드릴 수 있을 것 같다.

필자가 유독 어머니의 삶의 흔적을 무게 있게 되뇌어 보고 싶은 것은 자식이라는 진한 핏줄 때문일 거다. 어머니 역시 여느 어머니들처럼 힘들고 애틋했지만 참 장한 길을 걸어오셨다. 칠남매가 산증인이다. 어머니에 대해서 내가 누님이나 형들만큼 더 잘 알 리는 없지만(아마 누이나 형들이었다면 더 생생한 족적을 기록할 수 있을 것이다.), 내 나이에 비추어 어림해볼 때 적어도 내가 본 어머니의 진면목이라고 할 것이다.

나는 불효자다. 잘 해드려야 했는데 그러지 못한 죄책감이 더 커서 여전히 마음이 아프다. 모쪼록 병원에서 나오는 따끈하고 김이 모락모락 나는 진지를 잘 챙겨 잡수시고 정신을 바짝 차리셔서 치료도 잘 받으시고 자식들 가거든 꼭 아는 체하시리라고 믿는다. 자랑스러운 어머니니까.

---

2 해로한 부부의 혼인한 지 예순 돌을 축하하는 기념 잔치.

두상

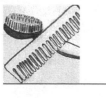

지난 주 금요일, 이발 기계를 들고 요양 병원을 찾았다. 어머니 머리를 손질해 드리고 머리를 감겨 드렸다. 그런데 오른쪽 이마가 좀 이상했다. 둥근 느낌이 들어야 할 그 부분에서 미세할 정도의 평평함이 느껴졌다. 새천년 즈믄 해(2000년)부터 부모님과 함께 살았고, 머리를 손질해 드렸기 때문에 손 감각이 살아 있었다. 난 자꾸 그쪽으로 손이 갔다. 역시 전에 만졌던 그런 촉감이 아니었다.

최근 치매 증세를 보인다는 동생 내외의 말을 들었던 터라 유독 신경이 쓰였다. '혹시 들어간 부분 때문에 치매 증세가 더 한 것은 아닐까.' 가는 세월 막을 수 없으니 쇠약해져만 가는 어머니의 모습이 너무 안쓰럽다. '인생은 풀과 같아서 풀은 시들고 꽃은 떨어진다.'는 베드로의 말이 야속하다.

쇠슬다 / 쉬슬다

"어느새 파리라는 놈이 쉬[3]를 깔겼는지 썩어 들어가는 살 속에서 구더기가 끓기 시작했다."

방학이면 아내와 아이들을 데리고 어머니를 찾았다. 우리가 밥을 먹고 가도 어머니는 늘 밥상을 차려 주셨다. 즈믄 해를 몇 해 앞둔 어느 여름 방학에도 밥상을 내오셨다. 그런데 접시에 놓인 생선이 좀 그랬다. 구운 것도 아니고 생것도 아닌, 생선의 색깔이 달랐으니 퍼뜩 이상하다는 직감이 들었다. 자세히 들여다보았다. 하나는 노릇노릇 구워졌고 다른 것은 그렇지 않았다. 날 생선이었던 것이다. 날 생선과 구운 생선을 구별하지 못하고 내온 것이다.

그 다음 여름방학에도 고향을 찾았다. 이때도 밥상을 내왔다. 잘 먹겠다고 말씀드리고 수저를 들었다. 이날도 생선이 있었고; 무심결에 젓가락을 생선에 가져갔다. 아뿔싸! 생선에서 아주 작은 뭔가가

---

3 '쉬'란 파리의 알이다. 파리 알을 고향에서는 '쇠'로 발음해 어려서부터 '쇠슨다'는 말을 많이 듣고 자랐다.

꿈틀거렸다. 유심히 살폈다. 그것은 '쉬가 깬 구더기 새끼'였다. 깜짝 놀랐고 일순간에 밥맛이 사라졌다.

고향이 서해안 바닷가인지라 생선 배를 갈라 소금을 뿌려 햇볕에 말리는 일은 이곳에서 흔히 볼 수 있는 풍경이다. 이때 아낙들이 꼬챙이를 가지고 쉬슨 파리의 구더기를 뽑아냈다. 이런 모습을 자주 보긴 했어도, 막상 밥상에서 자라고 있는 쉬슨 모습은 난생 처음이었다. 밥상 생선에서 구더기가 꿈틀거리다니….

어머니는 쉬슨 모습을 볼 수 없었던 거다. 놀란 가슴을 추스르고 그렇게 된 까닭을 곰곰이 생각했다. 그랬다. 팔십 중반쯤 되신 연세 탓이었다. 눈이 어두워서 알에서 막 깬 구더기 새끼를 볼 수 없을 거라는 생각이 스쳤다. 인천으로 모시고 와서 어머니와 함께 안과를 찾았다. 백태로 뒤덮인 백내장이었다.

수술 후 집에 오신 어머니는 이불을 보시더니 이렇게 말씀했다.

"아, 이불이 참 곱구나."

새로 산 이불이 아니고 예전에 쓰던 이불인데…. 이제야 비로소 제대로 보이시나 보다. 수술이 잘 되었음을 아시는지 고개를 끄덕이셨다.

아름다운 수가 놓인 고운 문양을 보실 수 있으니 다행이다.

가족회의

형제자매들이 모여 가족회의를 열었다. 어머니가 상에 올린 익지 않은 생선과 쉬슨 생선에 대한 이야기를 했다. 흥분했는지 어느새 목소리가 높아져 말을 거의 토해내고 있었다. 이제는 어머니를 생활의 고통으로부터 구출(?)해 드릴 때가 되었다고 말하자 방안은 더 숙연해졌다.

'이제는 늙은 어머니를 부엌에서 구출할 때가 왔다.'

어머니를 모시는 일에 대해 내가 먼저 말을 꺼냈다. 결자해지結者解之라고 했던가. 결국 말을 꺼낸 내가 모시게 되었다. 그러나 아버지의 의지는 단호했다. 일평생 살아온 고향을 등질 수 없다고 했다. 특히 여전히 환경적응에 문제가 있는 큰형님 때문에 더 어렵다고 했다.

그럴수록 내가 모셔야 하는 이유를 차근차근 설명했다. 어머니가 더 이상 육체적, 정신적 고통을 받으셔서는 안 된다는 점을 말씀드렸다. 부모님이 고집을 부리다가 덜컥 돌아가시는 날이면 그때부터 맏형님은 노숙자나 다름없는 외톨이가 되고 말 것이라는 점을 강조했다. 또 교회 중심의 믿음 생활을 통해 형님의 영혼을 치료해 드려야

하며, 그러기 위해서는 젊고 믿음이 괜찮은 누군가가 곁에 있어야한다고 강조했다. 그리고 그게 바로 우리라고 말씀드렸다. 이 대목에서 갑자기 목소리가 높아졌다.

사실 형님을 동생이 모신다는 건 일종의 모험이다. 형이 아우를 건사하는 것과 아우가 형을 모시는 것은 우선, 어감부터 다르다. 여러 가지로 부족한 형님과 함께 살다보면 잔소리를 안 할 수 없다. 좋은 말도 반복해서 듣다보면 짜증이 나는 법인데, 그럴 경우 생기는 갈등은 누군가가 나서서 조정해 주어야 한다. (나는 그 역할을 할 사람이 부모님이라고 생각했다.)

궁극적으로는 조카가 새로운 문제의 시작일 수가 있고 어쩌면 더 큰 문제라는 생각이 들었다. 나와 조화로운 관계가 형성되지 않으면 예기치 못한 상황이 발생할 수 있고, 그럴 경우 문제가 생기지 말란 법이 없어서다. 이렇게 되지 않기 위해서는 사전 조율이 필요한데 이 역시 아버지와 어머니의 몫이라고 또 한 번 강조했다.

그러나 백약이 무효였다. 고향을 떠날 마음이 도무지 없는데다가 부모로서 큰아들에 대한 책임을 끝까지 고수하시겠다고 선언하시는 게 아닌가. 방법이 없었다. 우리 부부는 묘안을 짜내는 데 골똘해야 했다. 우선 조카부터 데려오기로 했다. 도회지에서 공부를 시켰을 때의 장점과, 앞으로도 누군가에게 손주를 맡겨야 한다는 점을 강조해서 설명했다. 아버지는 거듭된 요구에 이해가 되는지 한숨을 길게 쉬시더니 머리를 끄덕였다.

조카를 인천 연수구의 한 중학교에 편입학 시켰다. 아니나 다를까? 부모님은 손주를 엄청나게 보고 싶어 했다. 핏덩이 때부터 기른, 그 정 때문인가. 사족을 못 쓰실 정도로 안달하는 모습이 역력했다. 나름의 작전과 예측이 적중했던 것이다.

　그러던 어느 날이었다, 아내가 아버지에게 다녀오겠다고 했다. 이제까지 살면서 혼자서 시댁을 찾은 적이 없는 사람인데 혼자서 가겠다고? 나는 그 의도를 이내 직감할 수 있었다.

　"어미가 혼자 와서 모시겠다고 하는 말에 더 이상 물리칠 수가 없었다."

　우여곡절 끝에 부모님과 형님, 조카 그리고 우리 네 식구, 도합 여덟 식구가 한 지붕 아래 아파트(31평)에다 둥지를 틀었다. 여덟 사람이 좁은 곳에 뒤섞여 수선스럽게 움직여야 하는 어려움이 있었지만 마음은 편했다. 텔레비전에서는 새천년이 다시 시작된다고 아우성이었다.

　즈믄 해가 시작되는 2000년 1월이었다.

사랑의 생김새

아우구스티누스

사랑이 어떻게 생겼을까?
사랑은 남을 돕는 손을 가졌으며,
가난한 자와 곤궁한 자에게 재빨리 달려가는 발을 가졌으며,
비극에 처한 자를 알아보는 눈을 가졌으며,
사람들의 한숨과 슬픔을 경청하는
귀를 가졌다.

벙어리장갑

 요양 병원은 좋은 점이 많다. 먼저 밥과 국이 따뜻하고 규모 있는 식단이 정갈하다. 쇠(쉬)가 슨, 말린 생선인지 아닌지 가릴 필요가 없다. 제 시간에 맞춰 나오니 규칙적인 식사가 가능하다. 영양사가 상주하여 균형 잡힌 식단을 차려주니, 더 말할 나위 없는 건강 밥상이요 황금 식단이다. 어느 자식이 옆에서 수발을 든들 이렇게까지 해드리랴.

간병인이 상주하여 똥오줌을 받아 주고 늘 깨끗한 기저귀로 갈아 드리니 뽀송뽀송한 느낌을 생각하면 나도 덩달아 좋다. 말동무가 있고 드나드는 사람 구경도 심심찮을 것 아닌가. 게다가 때가 되면 머리도 깎아 드리고 목욕도 시켜주니 여기보다 더 좋은 쉼터가 또 있을까. 천국이 따로 있으랴 싶다. 더구나 사교성이 좋으신 어머니에게 이곳은 물 만난 고기와 다를 바 없다. 더 중요한 것이 있다. 간호사들이 열 체크를 위해 아침저녁으로 살피고, 의사 선생이 상주하니 병약한 노인들이 지내기에 이만한 곳이 또 있을까.

그런데 아쉬운 것도 있다. 손에 두툼한 벙어리장갑을 끼우는 데 이게 영 마음에 걸린다. 그리고 양팔을 침대에 묶는 건 더 그렇다. 이유를 묻자 부지불식간에 실례한 변을 만지지 못하게 하고 낙상 방지를 위해 그런다고 한다. 이유는 그럴 듯 했다. 그런데 처음에는 옆 침대의 할머니들에게서나 볼 수 있었던 이 광경이 마침내 그만 내 어머니도 그 주인공이 되고 말았다. 또 한 사람의 벙어리장갑 주인공이 되고 말았다. 너무도 속이 상했다. 정당성을 떠나 사람으로서 신체가 자유롭지 못하다는 건 정말이지 괴롭고 고통스런 일이다. 영 마음이 편치 않다. 그래도 살아 있는 생명의 존엄을 지닌 인간인데 판단의 인지능력마저 구속당하다니 참으로 속상했다. 말이 그렇지 인격을 짓밟고 인권을 유린하는 처사라고 하면 지나친가.

'대변 낌새를 얼른 살펴 드려서 구적거리지 않게 해 드리고, 움직이고 싶은 낌새가 있으면 얼른 부축해 드려서 하고 싶은 대로 해드리고…' 지상 낙원이어야 할 요양병실이 그만 지상 지옥이 되고 만 느낌, 그 벙어리장갑이 밉기만 하다. 옆에 붙어 있으면서 지극 정성 돌봐드린다면 이런 불상사는 없을 텐데. 그러질 못하는 이내 신세가 불효자다.

행복 천국

병원 근처 야트막한 산기슭. 휠체어에 몸을 맡기신 채 두어 시간 햇볕을 쪼여 드렸다. 아카시아 꽃을 꺾어 드리니 연신 꽃향기 맡으시려고 '코 키스' 한다. 이름 모를 꽃을 꺾어 드리니 이게 무슨 꽃이냐고 하는데 모르긴 나도 마찬가지다. 연신 '코 키스'와 '코 세례'를 하시는 어머니, 오랜만의 바깥 구경에 바람도, 공기도 새로운가 보다.

"야, 냄새 좋다!"

정말 향기가 나서 하시는 말 같아 나도 '코 키스'를 해 본다.

'엥? 향내는 무슨 향내?'

갇힌 방(입원실)에서 나오셔서 바깥바람을 쐬시는 것만으로도 향내라고 생각하시나 보다. 바람도 향이 있고 햇볕에도 향이 있다고 느껴지나 보다. 여기저기 보이는 집이며 건물 등을 바라보면서도 새로운 정감에 흠뻑 빠지시는 것 같다.

맑은 공기에 높은 하늘, 그리고 화창한 날씨! 내친 김에 산기슭 아래 한(큰) 길가로 출발! 사람 냄새며 오고가는 차와 동네 구경 실컷

하시라고 여기저기 기웃거린다. 2층까지 올라간 건물 꼭대기에서 일하고 있는 인부를 바라보더니 한 말씀을 툭 던지신다.

"야, 저 사람들 돈 많이 벌겠다."

돈에 사무친 아흔여덟 어머니의 '돈타령'이 안타깝기만 하다. 살아 계시니까 할 수 있는 말이려니 이해하지만 뒷맛은 개운치 않다. 그놈의 돈, 야속하기만 하다. 휠체어 바퀴 잘 돌겠다, 힘 넘치겠다, 어머니와 함께라면 어딘들 못 가랴. 출발! 병원 간호사들의 1층 로비에서만 다니라는 주문에도 아랑곳하지 않고 내친 김에 동네 슈퍼까지 돌진한다. 아이스께끼(아이스크림) 쪽쪽 빠는 모습이 영락없는 어린애다.

막 구워낸 빵 냄새가 코끝을 스친다. 그냥 지나칠 수 없다. 세상에 둘도 없는 맛있는 빵이라고 생각하시나? 갈라 찢더니 입에 쑤시듯 넣으신다. 오물오물 맛나게 잡수신다. 마트에는 천장 높은 줄 모르고 쌓이고 쌓인 물건들로 넘쳐난다.

"어머니, 별별 거 많아 보기 좋죠?"

"그러게나. 와, 참 많기도 허다. 아이구나."

어머니가 나오신 줄 아는지 하늘은 구름 한 점 없고, 나뭇가지에 내려앉는 산들바람이 살랑살랑 즐겁게 춤을 춘다.

우리 어머니! 외출 맛이 꿀맛인가 보다. 고향 말로 증말(정말) 되게(너무) 좋아 하신다.

큰 누나는 어머니가 좋아하시는 김을 한 다발 사오고 막내 여동생은 캔디 세트를 가져왔다. 고마운 자매들의 효심 가득한 마음! 덩달아 흐뭇해하는 간병인 아주머니!

웃음 가득한 이곳이 바로 행복 천국이다.

호랑이 발톱

 어머니 발톱이 글쎄, 호랑이 발톱이 되었다. 자랄 대로 자란 발톱이 볼썽사납다.

'왜? 간호사나 간병 도우미에게 발톱을 깎아 드리라는 말을 못했을까?'

말하지 못한 내가 바보같다. 아들인 내가 이랬으니 그분들이(보이지도 않는) 하찮은 발톱에 신경 썼을 리가 없다.

깎아 드리려고 '발톱 깎기'를 가지고 갔다.

"태안 간다. 할머니 발톱 깎아드리려고…. 너희들도 이 담에 내꺼하고 네 엄마 발톱을 톱질(?)해 줄 거지?"

아이들에게 카톡을 보냈다.

발톱을 손질해 드릴 생각 때문인가? 금세 병원 근처다.

긍정의 셔터

 어머니를 긍정의 화신이라고 표현하면 지나칠까. 교복 짓는 양복점(당시 '수원양복점') 앞을 지날 때 어머니는 그냥 지나치지 않았다.

"사장님, 참 좋은 일 하십니다. 교복을 만들어 우리 학생들에게 입히다니 얼마나 보람되십니까?"

누가 물어보았나? 아니다. 어머니의 속내에서 우러나온 순수한 '립서비스(Lip-service)'다. 긍정적인 양기陽氣가 저렇게 자연스럽게 나올 수 있다니…. 아름다운 입이 아닐 수 없다. 넉살 좋게, 거리낌 없이 말하는 자신감이 어머니의 전매특허다. 삼삼한 기분이었을 양복점 사장을 생각하니 절로 웃음이 나온다. 타고난 긍정의 말솜씨를 따를 자가 또 있을까 싶다. 누구로부터 배우셨을까. 아무리 생각해도 그 출처는 어머니의 뛰어난 자기 사랑이 아닐까. 우리가 어머니를 '긍정의 화신'이라고 불러드리는 이유다.

긍정의 힘은 생활 속에서도 유감없이 나타난다. 욕보 할매(욕을 하지 않으면 말을 못하시는 할머니)네서 세稅들어 살 때의 기억이 생생하다. 그

때 '장리長利쌀'[4]이란 게 있었다. 가난하기만 한 어머니에게 장리쌀을 줄 사람은 없었다. 그런데 어머니는 진정성 있는 입담 하나로 장리쌀을 들이셨다. 열 가마니를 얻어서 이를 소매로 되파는 방법을 쓰셨다. 물론 외상으로…. 땀을 뻘뻘 흘리며 됫박으로 열심히 쌀을 되셨다. 그렇게 하고 나면 (기껏 해 봤자) 한 가마당 뒤 되 정도의 쌀을 건질 수 있었다. 열 가마는 되팔고 남은 몇 됫박의 쌀은 식량으로 썼다. 당장 돈이 필요하면 돈을 사셨다. (고향에서는 쌀을 사고파는 것을 '돈 산다'고 한다.)

어머니는 고단한 현실에 안주하거나 주저앉지 않고 가능한 방법을 찾아, 먹고 사는 방법을 해결하셔야 했다. 좋게 말하면 창조 경제의 달인이시고 웃자고 하면 현대판 '봉이 김선달'이다. 어디에서 이런 지혜가 나왔을까? 양복점 주인에게 보낸 메시지의 장본인답게 긍정의 화신이 만들어 낸 긍정의 힘에서 비롯되었다고 믿는다. 슈바이처의 지적처럼 어머니는 청신호든 적신호든 가리거나 따지지 않는 색맹의 걸출한 사람이라고 해야겠지?

> "낙천주의자는 모든 장소에서 청신호 밖에 보지 않은 사람이다. 비관주의자는 붉은 정지신호 밖에는 보지 않는 사람이다. 그러나 정말 현명한 사람이란 색맹을 말한다."
>
> — 슈바이처

무에서 유를 찾아내시는 적극성. 평생의 삶속에서 긍정의 셔터를 쉴 틈 없이 터트리며 백수(1919년생)의 코앞까지 달려오셨다.

자랑스러운 어머니, 장한 어머니, 내 어머니!

---

4 돈 대신 이자를 주는 조건으로 빌리는 곡식.

긍정의 힘(The power of positive)

"희망은 비용이 전혀 들지 않는다."

- 콜레트(프랑스 소설가)

"그곳을 빠져가는 가장 좋은 방법은 그곳을 거쳐 가는 것이다."

- 로버트 프로스트(미국 시인)

"할 수 있다고 말하다 보면 결국 실천하게 된다."

- 미야케 세트레이(일본 사상가)

"훌륭한 판단은 경험에서 비롯되지만 경험은 서투른 판단에서 비롯된다."

- 나폴레옹 1세(프랑스 황제)

"항상 뒤를 돌아보다 보면 앞에 놓인 것을 시야에서 놓친다."

- 저스틴 심즈

"사람은 행복하기로 마음먹은 만큼 행복하다."

- 에이브러햄 링컨

"승자가 쓰는 말은 '다시 한 번 해 보자'이고, 패자가 즐겨 쓰는 말은 '해 봐야 별 수 없다'이다."

- 탈무드

긁고 갈고

호랑이 발톱이라고 해야 하나? 평상시 쓰는 발톱 깎기로는 도대체 먹히질 않는다. 두꺼운 발톱을 물어야 자를 수 있는데 어찌나 두터운지 도무지 물리질 않는다. 그러니 깎을 수가 없고 또 자를 수도 없다. 갑자기 이런 생각이 떠올랐다. '가는 방법을 써 보자.' 에머리보드(Emery board, 손톱 손질 도구)를 찾았다.

'스윽스윽, 사악사악'

와! 신기할 정도로 잘 갈아졌다. 장난꾸러기 바람만 아니면 잔해들이 꽤나 쌓일 것 같다. 이보다 잇몸이 더 강하다고 했던가. 손톱 깎기보다 더 잘 갈린다.

깎기보다는 갈기가 훨씬 좋은 방법이었던 것이다. 장난꾸러기 바람이 신이 났나 보다. 갈아내는 족족 잔해를 훔쳐간다. 어느새 한 시간이 훌쩍 지나고 말았다. 시간까지도 훔쳐간 얄궂은 바람이 자신의 흔적을 발톱에 쪼끔 남겼다. 예뻐진 어머니 발톱에….

철마산

철마산[5]은 어머니의 산이다. 내 어릴 적, 어머니는 솔꼴(소나무에서 떨어진 낙엽)을 긁으러 거의 매일같이 산을 타셨다. 마치 내 산인 것처럼. 읍내에서 25리(10km) 정도 떨어진 이 산까지 걸어가서 솔꼴을 긁으셨다. 한나절 비지땀을 흘리고 한 짐을 머리에 이고 오셨다. 나는 너무 어려서 마중을 나가지 못했지만 내 바로 위의 형은 곧잘 마중을 나갔다고 들었다. 천근만근이 된 몸을 추스르는데 형님의 손길은 천군만마千軍萬馬였을 것이다. 무너져 내릴 것 같은 아픈 허리를 받쳐 드릴 때 어머니의 심정이 어떠셨을까. 그 형님, 참 고맙다.

솔꼴의 화력은 대단했다. 벌떼들이 달라붙었나? 석유를 뿌렸나? 불을 지피면 윙윙거리며 활활 타올랐다. 아궁이 안에서 벌어지는 불꽃 퍼레이드! 이처럼 환상적인 불꽃놀이가 또 있을까. 타면서 내는 소리 또한 일품이다. 탁탁 쳐대는 소리를 듣고 있으면 상쾌 그 자체

---

5   충남 태안군 소원면 소재. 208m.

다. 장엄하면서도 화려한 불꽃덩어리, 혼자만 보기 아깝다.

솔꼴이 시장 저잣거리에 나가면 재화(財貨, 인간이 바라는 바를 충족시켜 주는 모든 물건)로 탈바꿈한다. 나무 아래서 아무렇게나 나뒹굴던 낙엽이 아니다. 솔꼴은 곧 돈이요, 쌀이요, 반찬이다. 신분의 수직 상승! 이때의 솔꼴은 더 이상 하찮은 불쏘시개가 아니다. 황금으로 변신한다. 그리고 보면 어머니의 철마산은 '황금 산'이요, '돈 산'이다. 쌀을 사고 반찬을 사서 배불리 먹을 수 있으니 어머니의 철마산은 곧 '생명 산'이다.

아직도 '생명 산'은 거기서 묵묵히 그리고 굳세게 자리를 지키고 있겠지? 그 아렸던 아픔을 안고 달리고 또 달려 어머니의 흔적을 찾아야겠다. '생명 산'에 올라 어머니의 체취를 느끼고 어머니의 땀 냄새를 맡고 싶다. 그리고 부대 자루를 맘껏 벌려 황금을 긁어모아야겠다. 꾹꾹 눌러 빈틈없이 채우고 또 채우겠다. 시장에 내다팔아 그토록 잡숫고 싶어 하셨던 우동을 (몇 그릇) 배달시켜 어머니랑 같이 배가 터지도록 실컷 먹어야겠다.

어머니의 산, 황금의 산, 생명의 산, 208m 높이의 그 산! 입구에 다다르면 오르기 전, 예의를 갖춰 이렇게 외쳐야겠지?

"우리 어머니에게 황금과 생명을 주신 철마산 님! 고맙습니다!"

수제비

오늘 먹은 수제비 국물에 들깨 향이 가득하다. 수제비의 모양이 똑같아서 솔직히 재미는 없다. 제각각 다른 모양의 '어머니 수제비'가 더 좋았다. 수제비 국물을 만들 때는 여러 가지 재료가 동원된다. 쇠고기와 계란 등의 재료와 양념을 섞어 끓이면 각양각색의 맛이 만들어진다. 재료의 향이나 맛 그리고 영양을 고려해서 넣으면 수제비는 또 다른 기호 식품이 된다. 쌀보다 밀가루 값이 훨씬 쌌던 시절이었기 때문에 칼국수와 함께 수제비는 가정의 촉망받는 단골 메뉴였다.

밀가루에 물을 조금씩 넣으면서 밀가루를 휘저으면 밀가루가 뭉치기 시작한다. 반죽된 밀가루가 흐물흐물해지지 않도록 적당한 순간에 물 넣기를 그쳐야 한다. 어머니는 이것을 반 움큼 정도 떼어 내서는 바로 끓는 물에 조심스럽게 넣었다.

어머니 곁에서 이를 지켜보다가 이것 떼는 일을 무던히 도와드렸다. 지금도 수제비를 보면 반갑다. 그런데 맛은 그때 그 맛이 아니다. 땀을 뻘뻘 흘리면서 손수 만들어 주셨던 그 수제비, 어머니의 손때 묻은 정성을 뛰어넘을 수는 없겠지.

꽃님아 꽃님아

최성규[6]

꽃님아 꽃님아 무얼 먹고 사느냐
나는 나는 이른 새벽 이슬 먹고 산단다
아가야 아가야 무얼 먹고 사느냐
나는 나는 울 엄마 젖만 먹고 산단다
얘들아 얘들아 무얼 먹고 사느냐
나는 나는 부활 예수 사랑 먹고 산단다

햇살처럼 내리는 부모님의 사랑
그 사랑 감사해요 효도하며 살래요
이슬처럼 내리는 예수님의 사랑
그 사랑 감사해요 주님 위해 살래요

성산효孝대학원대학교 설립자 겸 명예총장. 목사. 효운동 공적으로 대한민국 국민훈장 수훈 (2016년).

자매들 생각에 아리다

내 딸이 시집을 갔다. 배운 게 도적질이라고 했던가. 집사람은 내 딸에게도 장모님으로부터 배운 대로 똑같이 한다. 어머니란 다 그런가 보다. 남자인 아빠와는 달라도 많이 다르다. '서 말의 땀과 한 말의 피'의 출산의 아픔이 없는 남자로서는, 어머니로서의 여성의 열길 물속을 헤아릴 수 없다. 도대체 어머니가 저런 존재더란 말인가.

집 사람은 장모님의 판박이, '짝퉁'이었다. 어머니가 내게 그랬던 것처럼 집사람에게 장모님은 삶의 교과서였던 걸까? 가르친 대로 본 대로, 읽은 대로, 느낀 대로, 배운 대로 실천했다. 이런 걸 동일시(同一視, Identification) 대상이라고 한다지?

장모님은 나에게 또 다른 어머니였으니 장모님을 생각하면 어머니가 자연스럽게 떠오르고 누나와 여동생을 생각하게 한다. 왜 그럴까? 우리 어머니와 자매들 사이는 그렇지 못했기 때문이다.

똥구멍 째질 듯했던 가난, 그 몹쓸 가난 때문에 어머니는 당신의 딸들에게 그렇게 해 주질 못하셨을 게 뻔하다. 쌀독에서 인심난다고 하지 않나? 그런데 담을 독도 없고 퍼줄 쌀도 없으니 어머니의 타들어가는 아픔은 불 보듯 뻔했다. 그런 어머니가 불쌍하듯 내 자매들 역시 그렇다.

가난의 아픔이 가져다준 선물이라면 선물이겠지? 자매들이 어머니로부터 배운 가난 탈출의 정신으로 억척스러운 여성이 되어 열심히 살고 있으니 이것으로 위안을 삼아야겠다.

그때 어머니

시집보낸 딸의 장독을 살폈던 장모님
세월이 흘러
시집보낸 내 딸의 쌀독을 살피는 아내

서 말의 땀과 한 말의 피로 값 주고 샀건만
그 희생의 대가는 여전히 깊다
낳고 키운 희생은 간데없고
시집간 제 딸 구석구석 살피는 아내
어제도 퍼주고 오늘도 퍼 줘도…
밑 빠진 독에 물 붓듯 그칠 줄 모른다
그게 엄마의 마음이런가?

갈기갈기 해어져 찢긴 아픔
가슴 마구 후벼 팠을 가난의 상흔들이 스친다
아!
누더기로 얼룩진 가난에 매몰됐을
우리 어머니가 너무도 애처롭다

시집보낸 큰 누나 시집 간 막내 누이
그때
차마 돌보지 못한 원한 맺힌 아픔의 뒤안길에는
돌아볼수록 괴롭고 시렸을 어머니의 마음이 숨어있다

누가 가난을 복이라 했던가!
쌀독 인심 모르는 자여
그 독을 채우고 얘기하시게나

그날이 오고야 말리라

형제간에 씻을 수 없는 상처가 있다. 형제간의 불신과 불화가 그것이다. 해법을 찾긴 찾아야겠는데 육십 평생의 때를 벗겨낸다는 것이 말처럼 쉽지 않다. 솔직히 말해서 뾰족한 해법이 없다. 해법 없는 게 해법이라고 해야 하나. 형제간의 불화와 불신은 어쩔 수 없는 또 하나의 삶의 방식일까. 살면서 이런 저런 아픔이 누적되어 잘잘못을 가리기조차 버겁다. 인생이란 어쩔 수 없는 에서와 야곱이던가.

사람은 왜 태어날까? 싸우려고 태어나는 게 아닐까. 몹쓸 생각인 줄 알면서도 내 생각의 잣대에 맞추기 일쑤니 꼴불견이다. 그럼에도 불구하고 요양 병원에서 투병 중이신 어머니를 생각하면 이 해법은 바르지 않다. 어머니의 배려와 화합의 정신을 보고 배웠으면서도 따라가지 않고 실천하지 않은 잘못이 크다. 왜 그랬을까. 늦은 후회 때문에 괴롭다.

선친 얘기를 하자니 썩 마음이 내키지 않는다. 내가 아는 선친은 옳고 그름에 면도칼처럼 날카로웠다. 학식이 풍부하고 한학에 조예가 있으셨던 선친은 하고 싶은 말씀이 참 많은 분이었다. 유독 변론과 대화를 좋아하고 담론談論 나누기를 퍽 즐기셨다. 약주가 말벗이었던 아버지는 약주를 또 다른 안주 삼아, 하고 싶은 말을 거리낌 없이 이으셨다.

아버지는 정오正誤가 분명했다. 상황 논리에 명분 있는 잣대를 들이밀면 누구나 할 말을 잃었다. 도덕적 가치 판단 역시 그랬다. 의협심이 유달리 강하셨던 성격과 맞물려 자기주장과 자기변호에 흔쾌한 정리로 대신했다. 살면서 정과 오에 대한 잣대는 누구에게나 있게 마련이니 할 말이 없다.

그래서일까. 나와 형제들 역시 이분법적 사고의 영향을 받을 수밖에 없었던 것 같다. 그냥 넘어갈 수 있는 문제도 이런저런 잣대로 따지기를 즐겼다. 신중하다고 해야 하나 진중하다고 해야 하나. 마침내 이런 성격은 형제들에게도 스멀스멀 자리했고, 나또한 외골수와 고집쟁이가 되어 가고 있었다. 이걸 깨닫는 데는 적잖은 시간이 필요했다. 비록 때 늦은 후회지만 고집으로부터 탈피한 내 자신이 괜찮아 보인다. 고집을 꺾는다는 건 목숨과 맞바꿀 정도로 어렵다고 하지 않나. 그런데 내가 이것을 해내고 있다. 그간의 후회가 바람 사이로 흩어져 처진 어깨를 다독인다. '네 탓이 아닌 내 탓'이었다고 말하라고 속삭인다.

이것이 어머니로부터 배운 생생한 교훈이다. 어머니가 아버지를 포용하고 베풀었듯이 우리 형제와 자매들 역시 그래야 한다. 어머니가 지아비와 자식들에게 베푼 삶의 방식을 우리가 되살리도록 노력해야 한다. 이미 지난 일이기 때문에 의미 없다고 치부해 버린다면, 어머니의 자식이 아니라고 나는 과감히 외칠 수 있다. 서로 용서하고 용납

하고 덮어 주면서 살아가는 용기가 필요하다. 이것이 어머니가 우리 칠남매들에게 베푼 모정의 은혜를 갚는 일이기 때문이다.

지난 주 토요일에도 어머니를 뵈러 갔다. 요양병원에서 생활하신 지 1년 4개월이 지나고 있다. 간난艱難(몹시 힘들고 고생스러움)의 세월을 이겨 내시고 백수를 앞두고 계신 이유가 얼굴에 스며있는 것 같다. 너희들이 서로 사랑하기 전에는 내가 눈을 감을 수 없노라고….

며칠 전에 꿈에 아버지가 오셨다. 내 말이 맞는다고 말씀하시는 것일까? 머리를 끄덕이셨다.

우리나라 속담에 큰사람은 싸움을 걸지 않는다고 한다. 결국 나라는 사람은 작은 사람이었다. 어머니 살아생전에 형제자매들이 한자리에 모여 어머니 앞에서 무릎을 꿇고 사이좋게 살아오지 못한 과거를 속죄하고 싶다. 꿈은 이루어진다고 하지 않았나? 그 날이 오고야 말리라.

"형제가 연합하여 동거함이 어찌 그리 선하고 아름다운고."

— 시편 133편 1절 개역한글

멍텅구리

난 어머니에게 못난 아들
형들에게 못난 동생
동생들에게 못난 형, 오빠

나부터 그렇다
뭐가 그리 잘 났다고
입버릇처럼 겸손을 말하면서
지는 게 이기는 거라고 지껄일 때는 언제고
안과 밖이 다르고 생각과 현실이 다르니
곰곰이 생각할 필요 없이
내가 봐도 우습다

꼴불견
멍청이
멍텅구리
여기 바로 나!

'만 원'의 진실

만 원
작은 돈, 피자 한 판도 못살 돈
쓰려면 고민해야 했다

어른거리는 분 생각이 떠오르면
실상 쓰기가 여유롭지 못하다
머리 허연 지금까지도

오, 만 원 한 장에
우리 어머니 한 달 생활이 들어 있고
우리 식구 한 달 생활이 담겨 있고
우리 어머니 얼굴이 새겨져 있다

여기에
어머니의 고독과 슬픔이 담겨있고
어머니의 회한과 아픔이 담겨 있고
목구멍의 포도청이 그려져 있다

요, 만 원이
나의 진정한 경제 교과서
근검절약의 멘토
금융 컨설턴트다

함부로 쓴다면
어머니로부터 배운 것이 휴지조각이 될 터
함부로 대하면 어머니한데 혼쭐난다

손수 날 가르친 만 원
살아가는 내내
내 자식들도 이것을 잊지 않았으면 좋겠다
며느리와 사위가
그리고 아들과 딸이
대대손손이…

만 원짜리 그림엔 어머니 눈물이 송골송골 맺혀 있고
만 원짜리 그림엔 어머니 주름이 깊게 패여 담겨 있고
만 원짜리 그림엔 어머니의 품이 살포시 숨어 있다

괜찮은 답

눈에 확 띈 기사! "어머니를 잘 모셔야 하는 과학적 이유[7]"가 눈에 박혔다. 어머니를 잘 모셔야 한다는 당위적 역설을 영문을 곁들여 적고 있는데 읽음직하다.

"청춘은 사라지고, 사랑은 시들며, 우정의 잎사귀는 떨어지지만, 어머니의 남모르는 사랑은 그 어느 것보다 오래간다.(Youth fades, love drops, the leaves of friendship falla mother's secret love outlives them all.) 예로부터 어머니들은 아이들 콧물 닦아 주는 일부터 시작해 온갖 집안일을 돌봤다. 세상이 달라져 어느 정도 가사에서 해방됐다지만, 요즘엔 일자리를 갖지 않으면 죄책감을 느낄 정도로 경제적 부담이 커졌다.

미국의 과학 전문 사이트 라이브사이언스는 자식들이 특히 어머니를 잘 모셔야 하는 과학적 이유를 소개한 적이 있다. 첫째, 어머니는 더 많은 고통을 겪는다. 출산만으로도 평생 '발 마사지'를 받을 자격이 있다. 출산은 엄청난 고통이다. 여자는 전반적으로 더 많은

---

7   조선일보 2015.08.20.목. '윤희영(조선 뉴스프레스)의 News English' 발췌 인용.

고통을 겪는다. 달마다 겪는 그때만이 아니라 평생의 고통을 말한다. ('둘째'는 생략) 셋째, 생물학적으로 자식은 어머니에게 더 가까운 존재다. 인간 유전자 절반은 어머니로부터 받지만, 최근 연구에 따르면 어떤 까닭에서인지 어머니의 유전자가 자녀에게 더 큰 영향을 미치는 것으로 밝혀졌다. 단적인 예로 태아가 자궁에 있을 때 어머니가 많은 스트레스를 받을 경우, 아기는 불안장애 위험이 더 크다. 넷째, 자식 때문에 평생 속 썩는다. 자식들이 아무리 노력해도 자녀로 인한 고뇌와 실망은 언제까지나 어머니를 따라다닌다.(No matter how hard the children try to be a good kid, the heartache and frustration caused by the children stick with mom forever.) 성인 자녀들의 가계 형편과 살림살이에 대해서조차 어머니는 돌아가시는 순간까지 애를 태운다."

윤희영 님은 글 말미에 다음 말을 덧붙였다.

"나는 어머니의 기도를 기억한다. 언제나 나를 따라다녔다.(cling to me all my life.)"

— 에이브러햄 링컨

찬장

부엌 한편의 사과 궤짝은 어머니의 찬
장이었다. 대학을 졸업할 때까지 그 자리에 있었다. 이걸 볼 때마다
절로 한숨이 나왔다. 가난이 부엌까지 점령하고 말았다. 일그러진 궤
짝 사이로 대가리가 주먹만 한 똥파리들이 제집인 양 제멋대로 들락
거리고 있었다.

대학을 졸업하고 발령을 기다리면서 학생들 과외를 가르쳤다. 돈다
발 한 주먹을 움큼 쥐고 근처 목공소를 찾았다. 가로, 세로, 높이 치
수를 알려주고 바로 제작에 들어갔다.

얼마 후 찾은 목공소. 번드르르한 찬장이 주인을 기다리고 있었다.
위문은 미닫이였고 아래 문은 여닫이였다. 위쪽 미닫이를 열었다. 참
기름을 발랐나? 미끄러지듯 열렸다. 맘에 쏙 들었다. 아래쪽을 여니
꽤나 넓은 공간이 눈에 확 들어왔다. 큰 접시나 프라이팬 등 큼지막
한 도구들을 넣으면 좋을 것 같았다.

조심조심 리어카에 실었다. 4㎞되는 시골길을 달렸다. 길가의 들풀
도, 하늘의 종달새도 기뻐하는 것 같았다. 찬장 위로 뿌연 시골길 먼

지가 내려앉는지도 모른 채 흐르는 비지땀을 훔치며 달렸다. 단숨에 달렸나. 물속 생쥐처럼 온 몸이 땀으로 범벅이 되었다. 닦아도 닦아도 송글송글 맺히는 땀방울! 그래도 마음만은 새털같이 가볍다. 그러잖아도 왜소하고 초라한 사과 궤짝이 오늘따라 더 초라해 보인다. 잘생기고 멋지고 우람한 새 찬장으로 그 자리를 메웠다.

"와!"

찬장을 보신 어머니! 어린애처럼 좋아한다. 연신 좋다고, 멋지다고 중얼거리신다. 여기저기 살피시는 모습이 꼭 '뽀로로' 만난 어린애 같다. 여기저기 문을 열고 닫기를 그칠 줄 모르신다. 부잣집에서나 볼 수 있었던 찬장, 그토록 갖고 싶었던 찬장이 어머니 부엌에도 생겼다.

사과 찬장 자리에 새 찬장이 놓였다. 분위기가 장난이 아니다. 부엌이 갑자기 훤하게 밝아졌다.

무조건이야

 아버지는 우리들에게 무단히 '형우제공兄
友弟恭[8]'을 강조했다. 그러나 지나친 가난의 족쇄 때문에 이 말이 좀처럼
귀에 들어오지 않았다. 콩 한 쪽이라도 나누어 먹으면서 형제간의 우
애를 도모 하는 것이 바른 길이거늘, 나눌 콩이 없으니…. 또 한 번의
허울 좋은 구호에 불과했다. 메마른 땅에서 온전히 식물이 자랄 수 없
듯이 가난의 척박한 조건에서의 형우제공은 시들 수밖에 없었다. 조건
이 맞지 않은 곳에서의 우정이란 우물에서 숭늉 찾기였다.

이상에 매몰된 아버지의 허울 좋은 구호는 명분은 강했지만 설득
력은 힘을 잃었다. 올곧은 정신세계는 차디찬 얼음에 묶인 채 감정의
그릇, 마음까지도 꽁꽁 얼려놓았다. 형들은 형들대로 불평과 불만에
쫓겼고, 동생들 역시 마음의 여유를 빼앗긴 채 고독의 늪에서 허우적
거려야 했다.

역지사지易地思之[9]의 논리로 이해의 폭을 넓히려고 노력했지만 마음

8　형은 우애하고 동생은 공손하게 지내야 함.
9　남과 처지를 바꾸어 생각함.

에서 우러나오는 현실은 삭막하기만 했다. 반목과 다툼이 꼬리를 잇고 살아온 지난 시간들. 싸우면서 큰다는 말로 위안을 삼기에 역부족이었다. 그럼에도 불구하고 어머니는 (지금까지 그래 오셨듯) 조금도 자식들을 원망하거나 미워하지 않았다. 가난한 집에서 태어나게 한 죄를 그저 자신에게 돌렸다. 이제까지 어머니는 여전히 서 말의 땀과 한 됫박의 피를 흘려서 난 자식들이라고 생각한다. 병상에서의 지금도 여전하다. 한 조각 미움이나 반 조각의 섭섭함 따위는 애당초부터 없는 분이다. 오직 모성애 하나뿐이다.

하늘 같이 높은 이상과 바다처럼 넓고 깊은 자애로움으로 자식들의 중심에만 계신다. 오매불망 조건이 없는 자식 사랑, 이런 사랑을 내리사랑(Parental love)이라 하던가.

무얼 먹구 사나

윤동주

바닷가 사람

물고기 잡아 먹구 살구

산골엣 사람

감자 구워 먹구 살구

별나라 사람

무얼 먹구 사나

가난으로 묶인 낭자머리

우리 어머니는 긴 세월을 낭자娘子 머리로 사셨다. 평생 파마와는 담을 쌓았다. 아침에 일어나시면 꼭 머리 손질을 하셨다. 어머니는 푸시시한 행색으로 바로 부엌으로 가시지 않았다. 곱게 머리를 빗고는 머릿기름(동백기름)을 정성스레 바르셨다. 비녀를 꽂으려고 목을 비틀어 거울을 들여다본 후 정갈하다고 판단되면, 그제야 아침 조반을 지으러 나가셨다.

어린 내게 비춰진 이런 모습은 아름다운 추억이었다. 지금 생각해 보면 여인의 꿋꿋한 기개와 지조를 봤던 것 같다. 비록 없이 사셨지만 교양 있는 몸가짐이 좋아 보였다. 그러나 그 즈음, 어느 정도 사는 여인들은 앞을 다투어 파마로 머리맵시를 뽐냈다. 하지만 어머니는 마음만 있을 뿐 그러질 못했다. 어머니의 머리는 늘 비녀를 꽂는 낭자머리여야 했다.

내 결혼식 때도 어머니의 머리는 낭자머리였다. 시골 아낙네의 초라한 행색이어서 참으로 마음이 아팠다. 위로 세 명의 형들의 전철을 내 결혼식에서조차 또 밟아야 되는 낭자머리! 어머닌들 파마머리를 하기 싫어하셨을까. 그 어머니의 마음을 나는 잘 안다. 가난은 머리 모양까지도 어제의 그 모습으로 꽁꽁 묶어 두었던 것이다.

반면 이모는 파마를 했다. 멋져 보였다. 육군 장교를 신랑으로 맞은 이모는 잡화상을 하시며 옹색하지 않게 사셨다. 가난한 시골 여자, 우리 어머니는 낭자머리의 아낙네였고, 파마머리 이모는 부유층에 속하는 귀족부인이었다. 파마머리의 멋쟁이 이모는 자연스럽게 어머니와 비교가 되었다. 이모는 그 머리로 이른바 한가닥하는 부잣집 유지 부인들과 어울렸다. 그때마다 많이 속상했다고 해야 솔직하겠지?

하지만 어머니는 긍정의 화신으로서 위풍당당하고 꿋꿋한 모습이셨다. 이 모습은 비난의 대상이 아닌 존경의 대상이 되었다. 백수를 앞두고 계시니 낭자머리에 마음까지 눌려 살지 않았다. 어머니는 파마머리 앞에서도 중심을 잃지 않았다. 진정한 승자다. 당당한 자신감, 요즘 뜨는 말로 알파 걸(Alpha girl, α-girl)이다.

바로 그 노인

"집안에 노인老人이 없거든 빌려라."
– 그리스 격언

울 어머니

.

.

.

김동임

.

.

.

바로 그 노인!

무쇠솥

 요즘은 농촌에서도 굴뚝을 볼 수 없다.
솥 있는 집도 보기 드물다. 아파트와 다세대 주택 그리고 원룸 등 집
의 형태가 확 바뀌었고, 액화천연가스(LPG)나 도시가스 등으로 대체
되었다. 아궁이가 없어지고 전기밥솥이 부엌의 주인이 된지 오래다.
그러나 우리 어렸을 때는 굴뚝 있는 집이 대부분이었고 으레 부엌에
는 솥이 있었다. 초가집, 기와집, 잘사는 집, 가난한 집에도 그랬다.

우리 집 부엌에는 양은솥이 늘 자리했다. 이 솥은 얼마간 쓰고 나
면 구멍 나는 게 흠이었다. 이것은 싸게 구입할 수 있는 반면에, 오래
쓸 수 없다는 단점이 있다.

"솥 때워요! 양은솥 때워요!"

솥을 때우는 이의 우렁찬 소리가 동네에 울려 퍼졌다. 어머니는 구
멍 난 솥을 때우는 이의 단골손님이었다. 그러기를 몇 차례 반복한
후에야 어머니는 또다시 양은솥을 구입했다.

간혹 민속촌이나 유명 인사들의 옛집에 들를 때가 있다. 방과 부엌이 오늘날과 비교하면 초라하기 그지없지만 내 눈에 번쩍 띄는 게 있다. 무쇠솥이다. 이걸 보면 어머니를 만난 것처럼 반갑다. 관리인의 눈치를 살펴 솥에 다가간다. 어머니의 손이 되어 정성껏 만져 본다. 쓰다듬다 보면 어느새 어머니 손이 내 손 위에 얹혀 있다. 솥뚜껑을 열어보기도 하고 닫아도 본다. 묵직한 무게의 중량감을 느끼고 투박한 질감에 젖는다. 어머니가 어른거린다. '여기에 와 계신가?'

양은솥/무쇠솥

이 솥은 싼 솥
저 솥은 비싼 솥
이 솥은 가난한 집 솥
저 솥은 부잣집 솥

우리 엄마
양은솥 마니아(Mania)라고 해야 하겠지?
아니야
이렇게 말하면 울 어머니를 욕하는 거야
내 엄만들 양은솥만 쓰고 싶으셨을까?

내 어머니!
양은솥 누룽지를 긁지 않고
무쇠솥 누룽지 긁는 모습을 보고 싶다
무쇠솥에 어머니가 어른거린다
아!
'지금은 무쇠솥을 사드릴 수 있는데…'

양은솥

가볍고 실용적이지만
쉽게 닳아 구멍이잘
뚫린다.

무쇠솥

무겁지만 내구성이 강
하고 견고한 솥이다.

최후의 1인이 될 때까지

식솔들의 번민은 이만저만한 일이 아니었다. 우리 집은 흥부네 집과 다를 바 없었다. 지랑물(썩은 초가집 처마에서 떨어지는 낙숫물)이 줄줄 새는 초가집, 반갑지 않은 물이 지붕을 뚫고 안방까지 들어왔다. 장판지를 제대로 덧대지 않아 패인 방바닥으로 지랑물이 스며들었다. 세숫대야와 양동이, 소락지[10] 등이 동원됐다.

'지붕이 썩어 주저 않고 서까래가 내려앉는 날이면 우리 가족은 몰살할 텐데…'

이런 몹쓸 상상에 곧잘 빠져야 했다. 내일의 꿈과 희망이 들어서야 할 '생각 귀퉁이'에, 서까래가 주저 않는 꿈으로 채워졌다.

쥐鼠도 한 식구였다. 미물인 주제에 만물의 영장인 우리들에게 꽤나 겁을 준 녀석들이다. 자다 말고 쥐잡기에 나섰다. 옷 틈에 들어간 녀석이 옷소매에서 떨어질 때면 혼비백산하고 만다. 농짝 뒤에 숨어 숨을 죽이고 있으면 속수무책이다. 다시 나타난 녀석, 어찌나 빠른지

---

10 물건이나 물 따위를 담는 그릇. 충청도 방언.

연신 헛손질이다. 때리는 막대기만 고달프다. 더 무서운 게 있다. 막대기에 맞은 녀석이 허벅지를 타고 올라 꼭 물어뗄 것만 같다. 솔직히 겁났다. 혹여 맞아서 피투성이가 되어 널브러지는 날이면? 일부러 헛손질했다.

국민학교(초등학교) 다닐 때 기성회비를 못내는 바람에 교장실로 불려갔다. 그 교장은 나의 육촌 큰아버지였다. 그 앞에 선 나, 갑과 을의 극명한 대조, 이때의 기억을 설명하려니 눈물이 앞을 가린다. 그때 입은 상처가 지금도 쓴 기억으로, 아픈 추억으로 남아 있다. 지금은 내가 그 자리에 있다. 어머니의 은혜요 신의 은총이다. 중학교에 다닌 형님들도 마찬가지였다. 공납금을 못낸 형들은 서무실로 불려가고 또 불려갔다. 최후의 1인이 될 때까지 그래야 했다.

망할 놈의 가난! 아버지는 구 시장에서 어린 나를 앉혀놓고 우셨다. 처자식을 먹여 살려야 하는데, 돈을 벌어야 하는 데, 그게 말처럼, 생각처럼 되지 않는다고 하시면서 눈물을 뚝뚝 흘리셨다. 마침내 목 놓아 우셨다. 아버지로서의 체면도 아랑곳하지 않으시고 어린 아들 앞에서 그렇게 우셨다. 하늘을 찌르시던 그 당당함과 자존심! 어디에다 내팽개치셨을까? 이런 아버지의 모습이 처음 이어서 그런지 난감하기만 했다. 그저 묵묵히 듣기만 했다.

'아버지가 돈에 대한 관심이 없지는 않구나. 또 돈을 못 버시니 식구들 생고생 시킨다는 것도 알고는 계시구나.'

그래선지 이런 아버지가 싫지는 않았다. 그리고 이런 아버지가 한편으로는 고마웠다. 사실, 돈에 대해 관심 없는 사람이 누구랴. 우문 같지만 솔직히 말해서 아버지는 돈을 모르셨다. 그러니 돈을 벌 줄도 또 모을 줄도 모르셨다. 근검절약해야 돈을 모을 수 있다고 설파하시긴 했으나 정작 본인은 구호에 그쳐야 했다. 우물에서 물 긷는데 퍼낼 물이 없으니…. 번 돈이 있어야 돈을 모을 게 아닌가? '돈벌이는 무리인 분'[11]이 나의 아버지셨다.

그러나 어머니는 아버지와는 달랐다. 어머니는, 현실성 없는 이상은 뜬구름에 불과하다는 사실을 깨닫고 아버지와는 다른 길을 준비했다. 한 걸음 진화된 또 다른 정신세계의 소유자셨다. 앞서 지적한 '어머니 정신'이 그것이다.

지아비를 모시는 지어미로서의 자세 곧 됨됨이는 감동 그 자체였다. 가난한 지아비로서의 아버지를 모시는 현숙한 여인이었다. 아버지의 순수한 심령의 순혈純血을 인정하셨던 지혜가 있었다. 그러나 이런 아버지를 만난 어머니의 일생은 이때부터 이미 가난한 지어미로서의 험난한 가시밭길이 예고되어 있었다.

---

11   조선일보 A6면, 2016년 2월 1일, 일본 무라야마 도미이치 전 총리의 부인이 남편을 두고 한 말.

젓가락은 해바라기

지친 몸, 절인 배추처럼 되셨나?
도저히 일어나실 수 없으신가 보다
죽을 것 같으셔야 잡수시는 거
양약이, 한약이, 닭죽이 아니다
보약은 더더욱 아니다
우동!
그 달콤한 음식 냄새에 취한 형제들
누구랄 것도 없이 어머니 앞으로 모여들었다
어머니의 젓가락 따라 움직이는 고개들
새끼들 땜에 목구멍에 걸렸나?
잡숫다 마시고 젓가락을 건네시는 어머니!
젓가락을 잡고 눈동자 돌리며 우동 그릇을 휘젓는 형제들
편히 잡수시게 자리를 비워드렸어야 했는데…
철없는 자식들, 자식들!
젓가락 따라 움직이는 눈동자들
젓가락은 해님
우리 눈은 해바라기

추억의 배짱녀

 집이 두 채인 때가 있었다. 할아버지로
부터 물려받은 집과 어머니가 혼자 힘으로 마련한 집이 그것이다. 악
착같은 어머니 덕에 집이 한 채 더 생겼다. 어렸기 때문에 그 당시의
분위기를 자세히 기억해 낼 수는 없지만, 들은 것을 토대로 생각해
보면 어머니의 노력과 배짱에서 비롯된 것이었다. 자식들 가르치랴,
시집 장가보내랴 어쩔 수 없이 (땅떠먹기 하듯) 두 집이 남의 손으로 야
금야금 넘어가긴 했지만, 집 두 채 보유의 역사를 되뇔수록 기운이
솟는다. 우리도 그런 때가 있었다니 기분이 여간 삼삼하지 않다. 소
중한 추억의 여인, 철의 여인 '배짱녀'에게 감사한다.

　내 자식(자손)들에게 당부하고픈 말이 있다. 이런 할머니의 정신을
본받아야 한다고⋯ 재화 관리에 신경을 쓰고 재테크의 수법을 익혀
나가길 바란다. 쌀독에 쌀이 어느 정도 있어야(가득하면 더 좋고) 남을
도울 수 있고 은혜를 베풀어야 할 때 진가를 발휘할 수 있다. 하나
더 덧붙인다. 선친과 조부가 살았고 내 형제자매들의 어린 시절의 아
픔이 담겨있는 '남문리 239번지' 집과 그 터를 회복했으면 하는 바람

이 있다. 그리 되길 축복한다.

억척스러움으로 복을 만들어내는 어머니는 이런 배짱과 힘으로, 지금까지 구십팔 세라는 연세를 구가하고 계시다고 믿는다. '배짱'에서 우러나온 여유와 가능성이 어머니의 삶 자체에 영향을 미쳐 장수하고 계시다. 백수, 천수를 기도드린다.

점 하나의 소중함

점 하나가 귀하다

'고질병'에 점하나 찍으면 '고칠병'
'Impossible(불가능)'에 점 하나 찍으면
'I'm possible(가능)'
'빗'에 점 하나를 찍으면 '빛'
'멍 참모'에 점 하나 찍으면 '명 참모'

우습게보지 말아야 할 것 중의 하나, '점'

*출처 미상

자식을 살려 낸 성미誠米

 교회에서는 헌금이나 헌물 외에도 쌀을 드린다. 이 쌀은 성미誠米라는 아름다운 이름으로 매일의 신앙을 기원하는 믿음의 헌물이다. 모으는 방법을 보면 마음이 아련하다. 우선 식구들의 머릿수대로 숟가락으로 퍼서 정성을 다하여 담는다. 남편을 위해서는 돈 잘 벌어오고, 하는 일마다 실타래 풀리듯 잘 풀리기를 바라는 것은 물론이고 가장 중요한 건강을 염원한다. 자식들을 위해 담을 때는 공부 잘하는 아이, 건강한 아이, 좋은 직장을 염원하는 마음을 담을 것이다.

좋은 며느리, 좋은 사위, 시험 합격, 무사 제대, 승진 등 헤아릴 수 없는 내용들이 기도 제목이 될 것이니, 성미를 담는 여신도들의 숟가락질은 가상하기 이를 데 없다.

정작 본인의 이름으로 담을 때는 어떤 마음일까. 아내에게 한 번 물어봐야겠다. 주일이 되면 정성껏 모은 성미를 교회로 가져간다. 내가 섬기고 있는 교회의 성미 주머니에는 다음과 같은 성구가 적혀 있다.

"너희에게 복을 쌓을 곳이 없도록 붓지 아니하나 보라."

– 말라기 3장 10절 하반절 개역한글

어머니에게도 매우 남다른 성미가 있었다. 월남전에 파병된 형님의 이야기다. 어머니는, 세계평화를 위한 전장戰場에서 언제, 어디에서, 어떻게 될지 모를 아들을 위해 하루도 거르지 않으시고, 무사와 안녕을 기원하는 마음을 담아 성미를 뜨셨다. 물론 쌀이 아닌 '밥으로의 성미'였다.

부엌 한편, 솥단지 벽 가까이 성미 그릇이 자리했고, 매끼마다 어김없이 성미가 아닌 '성밥'이 놓여 있었다. 어머니는 전쟁터에 보낸 아들을 생각하며 무사귀환의 날만을 기다렸다. 어머니가 할 수 있는 일은 '어머니의 마음'을 '성밥'에 정성껏 담는 것이었다.

어머니의 정성은 하루도 빠짐없이 이어졌다. 이 모습을 볼 때마다 '역시 어머니는 어머니구나.' 하는 생각에 사로잡히곤 했다. 성미 곧 '성밥'은 아들의 존재를 확인하고자 하는 생명 경외의 모정이었다. 결국 '어머니의 마음'은 신께 그대로 흠향되었다. 무사귀환의 상봉 예물이 되었다.

벼룩의 간

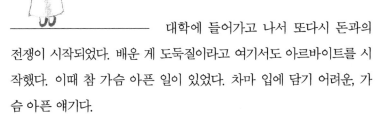

대학에 들어가고 나서 또다시 돈과의 전쟁이 시작되었다. 배운 게 도둑질이라고 여기서도 아르바이트를 시작했다. 이때 참 가슴 아픈 일이 있었다. 차마 입에 담기 어려운, 가슴 아픈 얘기다.

어느 날 어머니가 공주公州에 오셨다. (필자는 공주교육대학교를 다녔다.) 동생들 학비를 내야 하는데 낼 돈이 없으니 그 돈을 좀 융통해 달라는 것이었다. 하지만 내 수중에는 돈이 없었다. 드릴 돈이 없다고 사실대로 말씀드렸다. 어머니는 어렵게 입을 떼시더니 다음과 같은 제안을 했다. 아르바이트하는 학생의 부모님(공주 직조 공장 운영)께 말씀을 잘 드려서 가불假拂해서 달라고 했다. 가불이라고? 어이가 없었다. 이 돈이 어떤 돈이던가. 쌀과 부식을 사고 월세를 내야 하는 돈이 아니던가. 그런데 이걸? 이 돈은 내게 벼룩의 간이었다. 간을 빼면 나는? 아무리 동생 학비가 중요하다고 하더라도 어머니를 돕다가는 굶어야 할 판이었다.

위기의식이 땅거미처럼 엄습해 왔다. 이러지도 저러지도 못하는 엄연한 현실 앞에 진퇴양난, 속수무책이었다. 갈등이 파도처럼 밀려왔다. 그러나 여기까지 달려오신 어머니를 생각하지 않을 수 없었다. 아니 먼저여야 했다. 나의 잘못이었다.

'오죽하면 여기까지 오셔야만 했을까? 오죽하셨으면…'

직조공장 사장님을 찾았다. 나직한 목소리로 상황 설명을 드렸다. 눈물이 앞을 가려 말을 이을 수 없었다. 복받치는 눈물을 입술을 악물며 참았다. 동생 학비 때문에 여기까지 오실 수밖에 없는 어머니의 사정을 말했다. 다시 눈물이 왈칵 쏟아졌다. 나는 그만 사장님 앞에서 엉엉 울고 말았다.

사장은 지그시 눈을 감은 채 내 말에 귀를 기울였다. 끝까지 듣더니 잠시 후 입을 뗐다. 그리고는 가불을 약속했다. 여기에 웃돈까지 얹어 주었다. 참 감사했다. 어머니에게 그 돈까지 모두 전해드렸다. 발걸음을 돌리는 어머니의 뒷모습을 보니 또 눈물이 앞을 가렸다. 공자의 궁즉통窮則通이 머리를 스쳤다. 궁하면 통하는 법이라 했던가.

어느새 나는 한 마리 새가 되어 창공을 훨훨 날고 있었다.

궁즉통

 교육대학은 국립대학이어서 비교적 학비가 저렴했다. 그런데도 일 년에 두 번 내야 하는 학비는 우리 형편으로 버거웠다. 내가 아르바이트로 버는 돈은 말 그대로 용돈에 불과했다. 어머니는 나의 학비를 대느라 동분서주했다. 고민을 거듭하신 어머니는 계契를 꾸렸다. 아들 학비 명분에 흔쾌히 응한 분들의 협조로 계가 잘 꾸려졌다. 어머니는 계주가 되었다. 첫 번째로 모은 곗돈은 계주의 몫이었고 이 돈은 내 학비로 충당되었다.

계를 조직하여 학비로 충당하겠다는 어머니의 발상. 계 조직이라는 게 신용과 믿음을 바탕으로 운영되는 건대 어머니는 일단 일을 저질렀다. (하여간 어머니는 일내는 데는 대한민국 최고다.) 그것까지 걱정하는 것은 사치일 뿐이라고 생각했다. 가히 이런 판단은 기상천외한 발상이었다. 어머니는 현금이라는 돈이 없고 재산도 없다. 이런 신분으로 계를 조직한다는 것은 있을 수 없는 일이었다. 동네의 유지 댁 부인들이나 할 수 있는 계주를 낭자머리 한 가난한 촌부(村婦, 촌스런 여자)가 한다니…. 소가 하품할 노릇이었다. 그러나 어머니는 다시 '궁즉

통 전법'을 구사했다. '할 수 있다. 한번 해 보자.'는 저돌성 말이다. 계는 조직됐고 나는 유급을 면할 수 있었다.

계속되는 학비가 여전히 어머니의 발목을 잡았다. 어머니는 그때마다 젖 먹던 힘까지 발휘했다. 가능성을 찾아 꺼내고 또 꺼내셨다. 오직 구하면 된다는 믿음 하나로 버티셨다. 생선을 달라고 하는 자에게 뱀을 줄 하나님이 아니라는 '절대 긍정'의 믿음으로 해결의 열쇠를 찾으셨다. 어머니에게 위기는 단지 기회일 뿐이었다. 하나님은 이런 어머니의 기도를 하나도 빼놓지 않고 모조리 응답했다. 아무 것도 염려하지 말라는 말씀대로 그 능력을 행사했다. 지각에 뛰어난 하나님은 어머니의 하나님이셨다.

> "너희 가운데서 아들이 빵을 달라고 하는데 돌을 줄 사람이 어디에 있으며, 생선을 달라고 하는데 뱀을 줄 사람이 어디에 있겠느냐? 너희가 악해도 너희 자녀에게 좋은 것을 줄 줄 알거든, 하물며 하늘에 계신 너희 아버지께서, 구하는 사람에게 좋은 것을 주시지 않겠느냐?"
>
> — 마태복음 7장 9~11절 표준새번역

나의 교직생활은 전적으로 어머니의 믿음에서 비롯된 하나님 아버지의 선물이다. 우주의 은하수처럼 심령 골수에 박힌 어머니의 '하면 된다'는 정신이 만들어 낸 내 존재의 유력한, 이유 있는 가치다.

물 반, 고기 반

 당시 교대생들의 인사적체가 대단했다. 어떤 선배는 내리 3년을 백수白手로 지내야 했다. 그 공백 기간 중 공무원 시험 준비를 하는 이들, 4년제 대학으로 학사 편입하는 이들, 외판원으로 생활고를 해결하는 이들 등등. 나 역시 다른 길을 찾아야 했다.

나는 또다시 과외를 시작했다. 내게 배운 학생들은 월말평가에서 '올백[12]'을 받아오는 아이들이 몇 명씩 나왔다. 점수로 말하던 시절이었기 때문에 월말평가는 아이들이나 학부모들의 자존심의 각축장이었다. 그러니 점수로 울고 점수로 웃었다. 월말평가를 볼 때는 아이 어른 할 것 없이 긴장이었다. 과외 선생의 중압감은 너무 컸다. 열심히 가르쳤다. 괜찮은 소문 탓인지 아이들이 계속 밀려들었다. 자리가 없고 시간이 없어 새벽 이른 팀까지도 개설했다. 일러 '영(0) 교시' 수업을 했다. (영교시 수업의 원조인가?)

12　All 100, 모든 과목 백점.

'물반 고기반'이란 말이 있다. 이때 받은 과외비가 그랬다. 바깥주머니, 안주머니, 속주머니, 뒷주머니 등 호주머니란 호주머니에는 과외비로 채워졌다. 이때 번 돈은 속속 어머니 주머니로 들어갔다.

나로서는 가르쳐주신 은혜에 대한 보답의 기회였고, 어머니로서는 가르친데 대한 보람의 시작이었다. 번듯한 찬장과 옷장 등의 가구가 방과 부엌을 채웠다. 주인을 잘 만난 가구들은 반들반들 빛났다.

틈만 나면 콧노래를 부르시는 어머니, 쓴 인내 덕에 단 열매를 거두시는 모습, 조금씩 밀려난 가난의 자리에 복이 채워지기 시작했다.

호주머니

윤동주

넣을 것이 없어
걱정이던
호주머니는,

겨울만 되면
주먹 두개 갑북갑북*

* 가득가득

새참 값은 나 몰라라

이스트를 넣어 밤새 재우면
빵을 만들 수 있는 밀가루
반죽이 된다.
팥고물을 넣어 가마솥에 찌
면 맛있고 따끈한 찐빵이
된다.
어머니는 이 빵을 머리에 이
고 논두렁 밭두렁을 다니시
며 파셔야했다.

억척녀의 찐빵
찐빵 광주리 이고지고
논두렁 밭두렁을 찾으신다
찐빵 사 먹은 농부들
이스트 향에 취하고 팥고물 맛에 취해
맛에 빠진다

논두렁 새참
인심 후한 주인댁 밥 한술 맛나게 잡수시고
또 다른 논두렁으로 발걸음을 재촉한다

새참 값은 나 몰라라
찐빵 값 챙기시고
다른 논밭으로
발걸음 재촉한다

꼬까신

나하고는 여섯 살 터울인 내 여동생은 '6·25' 날에 태어났다. 이 아이가 아주 어렸을 때 어머니의 품에 안겨서 어머니와 나눴던 말, '꼬까신'이 오랜 세월이 흐른 지금까지도 내 머리에서 떠나질 않는다.

"어머니! 내가 이 담에 커서 돈 많이 벌어 예쁜 꼬까신 사 드릴께!"

근 66년을 훌쩍 넘긴 작년 어느 날, 여동생에게 문자를 보냈다. 긴 세월이 한참 지나도록 묻어 둘 때는 언제고, 뜬금없이 이런 문자를 날리는 내가 참 우습다. 문자를 받은 여동생이 지체 없이 답장 문자를 보내왔다. 나만 생생하게 기억하고 있는 줄 알았는데, 여동생 역시 또렷하게 기억하고 있었다. 대화의 내용을 들추어 본다.

여동생: 그랬어, 오빠. 기억난다. 언니한테 속상한 말을 듣고 집에 오셔서 한풀이 하는 소릴 듣고 어린 마음에 어머니 위로 한답시고 종알거리면서… 아마 어머니 마음이 막내딸 하는 말에 조금은 위안이 되셨던 기억도… 아, 잊고 있었는

데…. 그런 어머니가 연로하셔서 지금은 병상에…. 그랬던 막내딸은 어느덧 육십이 가까워지는 나이가 되고…. 어머니한테 늘 죄송스러운 딸인 게 평생 걸리는구먼.

나: 오! 언니 때문에? 그건 금시초문인 걸, 왜?

여동생: 신발!

'신발이라고? 꼬까신도 신발인데?' 어떤 연관성이 점쳐졌다. 궁금증 하나가 풀어질지도 모를 예감이 들었다. 여기에 뭔가가 숨어 있을 것 같았다. 실마리가 풀릴 수 있을까. 다시 문자를 보냈다.

나: 언니가 무슨 말 했기에? 왜 속상하셨을까?

여동생: 신발 외상 달라고 매번 그러니까 다 갖고 가라면서 흰 고무신 던졌다고…. 속상하다고 우셨던 기억, 그래서 나도 속상한 나머지 '내가 크면 어머니, 다 사줄 게, 호강시켜줄 게.' 그랬던 기억. 가슴 아프다…. 흑흑.

그랬다. 시집간 누님은 가난으로 몸서리치며 살아야 했던 친정, 그 친정에 한이 맺혀 있었다. 고무신 가게를 했던 누님은 나를 비롯해서 여러 명의 친정 식구들로부터 시달려야 했다. 허구한 날 외상으로 해달라고 하니, 얼마나 곤란했겠는가. 신랑 눈치 보랴 시댁 눈치 보랴.

나: 지금은 이해가 돼! 누나도 시집 눈치, 신랑 눈치 봐야 했으니…. 누나가 잘 한 거라고 봐. 뻑 하면 외상 신발 달라고 하니….

우리 형제들의 생각과 행동 하나하나가 가난과 관련되지 않은 것이 없었다. 옷 하나하나가, 말 한마디 한마디가 그랬다. 여기 신발 역시 또 하나의 그것일 뿐이다.

> 나: 그랬구나. 모두 가난이 가져다준 선물이지. 가슴 아프지만.
>   인생 교훈인거지. 웃으면 돼. 근데 너, 기억력 하나 대단하다?

누님은 나보다 열여섯 살이나 많다.(그래서 누나라고 부를 수 없었다. '누님'이었다.) 그러니 누님의 가난에 대한 아픔을 내가 헤아린다는 건 어불성설이다. 내가 겪은 가난의 아픔이 하나라면 누님이 겪었을 그 아픔은 하늘만큼 땅만큼 많고 많으리라. 그때의 일을 생생하게 기억하는 여동생 역시 가난이 던진 아픔의 진실로부터 멀어질 수 없다.

반세기가 지났음에도 불구하고 '쏜물'은 여전히 우리들의 한스런 아픔을 토해내고 있다.

도서관

"노인이 쓰러지는 것은 도서관 하나가 불타 없어지는 것과 같다."

누가 한 말인지 몰라도 음미할수록 의미심장하다. 낳아 키워 주신 어머니는 지금은 물론, 내 평생 삶의 도서관이다.

자식들에게도,
후대(후손)들에게도,
아니 이 땅에 사는 모든 이들에게도
어머니란 존재는
도서관이다

삶의 도서관
숨 쉬는 도서관
생명의 도서관

무상보관 대여창고

결국 집 두 채는 처분되고 말았다. 산골 깊은 산 아래에 있는 슬레이트 집으로 이사를 갔다. 연로하신 할아버지를 모시라고 큰댁에서 지어준 집이다. 적은 돈으로 벼락치기로 지은 집이었다. 지붕은 비가 오면 비 떨어지는 소리로 요란했다. 심한 경사지에 지은 집이어서, 길 건너 아랫집이 내려다보일 정도로 높은 곳에 위치했다. 척박한 곳에서 잘 자라는 콩을 비롯해서 몇 가지 식물을 심고 가꾸었다.

어머니는 바로 아랫집 용덕이네를 자주 들르셨다.

'왜 저리도 저 집을 들락거리실까?'

이 댁은 할아버지 때부터 이곳에서 살았다고 한다. 농사짓고 사는 데 어려움이 없을 정도로 웬만한 농기구를 잘 갖춘 전형적인 농가다. 반면 우리는 그러질 못했다. 농사 경험이 전혀 없었으니 농기구가 있는 것보다는 없는 게 더 많았다. 달랑 밭 이백여 평에 불과했지만, 농사짓는 기구며 도구들은 기본적으로 한 살림이 갖춰져야 했다. 그러나 구입할 형편이 못 되는 우리로서는 사소한 것까지 이 댁의 도움이 절실히 필요했다.

혹간 내가 뭔가를 빌리러 갈 때가 있었다. 그러나 도무지 발이 떨어지질 않았다. 너무나 창피했다. 빌리러 가는 게 싫었다. 집 앞에까지 갔지만 도대체 입이 떨어지질 않았다. 도살장 끌려가는 소가 이런 마음일까. 속내는 이랬다. 자존심이 치밀어 올랐던 것이다. 내 집의 가난이 내 사기를 깎아 내리고 난도질 했던 것이다. 문 앞에까지 갔지만 차마 빌려달라는 말을 할 수가 없었다. 그래서 그냥 되돌아 왔다. 처량했다.

'빌리는 것도 한두 번이지 벼룩도 낯짝이 있는 법이거늘….'

그러나 어머니는 친정집 드나들 듯 그렇게 드나 드셨다.(그러고 보니 이 댁은 실질적 친정이었다.) 전혀 개의치 않으셨고 맡긴 제 물건을 찾듯 드나드셨다. 신기할 정도였다. 그 집은 우리 어머니의 창고, '무상보관 대여창고'였다. 저런 용기와 당당함이 어디서 나올까?

아마도 가난의 풀무로 다져진 단련된 용기에서 비롯되었으리라. 피할 수 없으니 즐길 수밖에 없는 현실적 선택 때문이었으리라. 그러고 보니 울 어머니 정말 대단한, 너무나 대단한 '뻔순이'였다.

물론 이런 어머니를 대하는 그 댁 어른들 역시 참 무던하신 분들이었다. 싫은 소리 한마디 없이 어머니에게 참 잘 했으니…. 우리가 이곳을 떠난 후 이사를 가셨다고 한다. 그때, 그 일들을 떠올리면 너무도 고마워 말을 잇기 어렵다. 특히 어머니에게 했던 그 따뜻한 지원을 생각하면 목이 메고 또 눈물이 난다. 그분들이야 말로 이웃을 자신의 몸처럼 사랑한 분들이다.

고마운 이웃, 그 고마운 분들을 한번 만나보고 싶다. 흰 쌀밥에 소고깃국과 그리고 따끈한 (내 아버지가 유독 좋아하셨던) 청주를 곁들여 진

심어린 밥상과 술상을 차려내 드리고 싶다. 그리고 어머니 창고지기
노릇(?)하시느라 고생했다고 전해 주고 싶다.

"용덕 아빠, 용덕 어머니! 당신들은 우리 어머니의 수호천사였습니
다. 정말 감사합니다. 감사했습니다. 잊지 않고 감사할 겁니다."

이번 토요일에 어머니를 뵙고 용덕이네 얘기를 해야겠다. 웃음꽃이
필지, 아니면 회한의 수심에 잠길지…. 어머니의 얼굴 표정이 어떨지
사뭇 궁금하다.

> "둘째는 이것이니 네 이웃을 네 자신과 같이 사랑하라 하신 것이라
> 이보다 더 큰 계명이 없느니라."
>
> – 마가복음 12장 31절 개역개정

애기의 새벽

윤동주

우리 집에는
닭도 없단다
다만
애기가 젖 달라 울어서
새벽이 된다

우리 집에는
시계도 없단다
다만
애기가 젖 달라 보채어
새벽이 된다

이제야

출근 시간에 가끔 만나는 분, 전남 강진이 고향인 김 교장은 논조가 뚜렷하고 사리가 밝은 분이다. 칼럼니스트로서 교육의 문제점과 대안 제시에 각별한 노력을 하는 분이다. 아버지가 돌아가시니까 이제야 철이 드는 것 같다고 하면서 묻지도 않은 말을 내뱉는다. 그 말을 들으니 갑자기 바늘로 가슴을 찌르는 것처럼 뜨끔하다.

이미 돌아가신 아버지와 투병 중에 계신 어머니 생각이 스쳤다. 살아계실 때 자주 전화 드리지 못했다. 자주 뵙지 못했다. 맛있는 음식도 사드리지 못했다. 말동무가 되어드리지 못했다. 형제자매간 자주 만나 이야기꽃 피우기는커녕 도토리 키 재듯 잘난 척했다.

뒤늦은 철은 아무런 쓸모가 없는 법, 해 드리고 싶어도 해 드릴 수 없으니 어쩌랴! 중국 고전 『한씨외전韓氏外傳』이 생각난다.

> 樹欲靜而風不止 子欲養而親不待
> 수욕정이풍부지 자욕양이친부대

나무는 가만히 있고자 하나
바람이 그치지 않고
자식은 효를 다하고자 하나
부모는 기다려주지 않는다.

김 교장 뿐이랴. 그 어느 것 하나 제대로 해 드리지 못했다. 죄송할
따름이다. 인천에서 10여 년 모시고 있으면서 한때 아버지를 가르치
려고 덤볐던 일들이 뇌리에서 꿈틀거린다. '뭘 안다고, 얼마나 잘 났
다고, 참지 못한 바보구나.'

불손한 언행을 했던 그때의 상황이 필름처럼 스친다. 이게 불효인
데, 이제야 알다니…. 한숨으로 달래보지만 죄스러움만 파도처럼 밀
려온다.

반성하고 용서를 빌 뿐이다.

사부곡思夫曲

 고향으로 가신 어머니는 한두 번 우리 집에 올라 오셨다. 언젠가 내심 어머니를 떠볼 심산으로 어머니의 아픈 데를 찔러 본다. "아버지가 보고 싶으냐고?" 어머니는 기다렸다는 듯이 다음의 글을 암송한다. 한 편의 시, 신랑에 대한 그리움이 절절히 묻어있는 시구이다. 신속히 받아 적었다. (제목은 내가 붙였다.)

사부곡

김동임

언제나 오시려나 가신님이여
바라도 기다려도 아니 오시네
손목 잡고 그 옛날 놀던 동산에
봄은 어디 왔다고 꽃이 핍니다

아버지가 천국에 가신 지 5년이 지났다. 큰 키에 탤런트처럼 잘 생긴 외모. 아이돌(Idol) 이었는데…. 나도 그립다.

화색

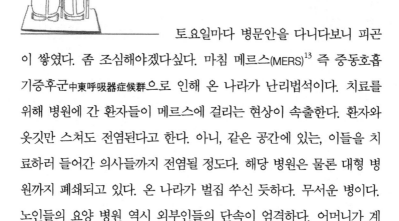

토요일마다 병문안을 다니다보니 피곤이 쌓였다. 좀 조심해야겠다싶다. 마침 메르스(MERS)[13] 즉 중동호흡기증후군中東呼吸器症候群으로 인해 온 나라가 난리법석이다. 치료를 위해 병원에 간 환자들이 메르스에 걸리는 현상이 속출한다. 환자와 옷깃만 스쳐도 전염된다고 한다. 아니, 같은 공간에 있는, 이들을 치료하러 들어간 의사들까지 전염될 정도다. 해당 병원은 물론 대형 병원까지 폐쇄되고 있다. 온 나라가 벌집 쑤신 듯하다. 무서운 병이다. 노인들의 요양 병원 역시 외부인들의 단속이 엄격하다. 어머니가 계신 병원 역시 그렇다.

오랜만에 뵙는 어머니, 다행히도 한 달여 전보다 화색이 좋아 보인다. 짧게 깎으신 머리 또한 단정하다. 얼굴이 알토란처럼 영글고 밝아 보인다. 겉볼안이라고 했던가. 겉모습만 보고서도 속내를 짐작할 수 있다. 겉과 속이 하나가 된 정갈한 모습을 직접 볼 수 있으니 천만다

---

13   의학: Middle East Respiratory Syndrome, 중동호흡기증후군, 코로나바이러스(MERS-CoV)에 의한 바이러스성 호흡기 감염증.

행이다.

누가 머리를 손질했느냐고 여쭙자 간병인 아주머니를 가리킨다. 간병인의 오늘 인상도 여유와 교양이 엿보인다. 성실하고 부지런한 간병인이 옆에서 지극 정성 모시는 모습에 안도한다. 좋은 분을 만난 어머니는 병실에서도 복을 누리고 계시다.

아내가 어머니의 손을 잡아 드리면서 입을 뗀다. "제가 누구예요?" 하고 여쭙자 엉뚱한 사람 이름을 대신다. 아내가 '땡'하고 손사래를 치자 못 알아들으셨다는 듯 야릇한 표정이시다.

"우연홍이잖아요? 우연홍!"

힘주어 말하자 그제야 말귀를 알아들으신다. 귀가 많이 어두우니 어쩔 수 없다.

"오, 그래. 우리 에미 이름이 우연홍이지. 맞아 우연홍! 하이고, 이름도 잊었네. 호호호."

이름을 바로 대지 못한 미안함 때문인가. 천연덕스럽게 너스레를 떤다. 역시 배짱 두둑한 어머니의 기질이 돋보이는 대목이다. 실수를 뛰어넘는 여유, 그 과감한 분위기의 반전으로 병실이 웃음바다가 된다. 여전하신 당당한 모습, 여걸女傑로서 부족함이 없다.

흐트러짐 없는 자세와 긍정의 힘을 또 한 번 확인한다.

가보家寶, 재봉틀

 어머니의 재산 목록 1호, 판매가가 얼마나 될지 모르겠지만 돈 주고 살 수 없으니 우리 집에서 제일 값나가는 귀중품, '드레스(Dress) 재봉틀'. 열아홉 살에 시집오면서 장만했다고 하니 78년쯤 되었다. 손때 묻은 흔적이 여기저기 역력하다. 어머니가 이곳저곳에서 숨 쉬고 계시다는 생각이 들어 소중하게 보관하고 있다. 이것이 훼손된다면 어머니의 몸이 훼손되는 것이라고 생각하고 있다.

내 집으로 모시고 오면서 가장 먼저 챙긴 게 바로 이 재봉틀이다. 지극정성 다루어 꼼꼼하게 포장했고, 집에 들여 놓은 후로도 늘 각별한 애정을 쏟고 있다. 가끔 기름칠을 해 주기도 한다. 어머니의 기운을 닮았나? 오랜 세월이 흐른 지금도 기능이 여전하다.

어려서부터 어머니가 재봉질 하는 모습을 많이 보면서 자랐다. 어머니의 번득이는 눈초리와 빠른 손놀림 그리고 경쾌한 기계의 바느질 소리를 들으며 자랐다. 난 그때마다 호기심 가득한 눈으로 어머니의 민첩한 손놀림에 빠지곤 했다. 특히 베개를 만드실 때의 모습이 눈에 선하다. 요즘의 베개는 경추베개, 건강베개, 교정베개 등 기능성을 강조하여 만들지만, 그때의 베개는 통나무처럼 둥글고 약간 딱딱한 느낌이 들었다.

다소 긴 천 자루에 이런저런 이물질(콩, 팥, 쌀겨, 메밀껍질 등)을 담아 양쪽을 묶고는, 이 부분에 아주 예쁜 무늬를 새겨 이었다. 양쪽 이음새 부분을 베갯모[14]라고 하는데, 이렇게 하면 볼품없던 양쪽 이음새 부분이 예쁘게 장식된다.

베갯모

마구리 그림

마구리라고도 하는 베갯모는 품이 많이 든다. 베개를 벨 때 무늬가 변형되지 않도록 여러 천을 겹쳐서 여러 번 누비질을 하여 두껍게 만들기 때문이다. 그리고는 정련된 디자인의 천을 덧대는데, 이 부분에서의 고도의 기술이 좋은 베개의 조건이 된다. 미적 감각이 있어야 세련된 베개가 되는 것이다.

다양한 디자인이 어머니 손끝에서 만들어졌다. 어머니의 손은 세련된 미술가요 조각가였다. 어머니가 잠시 쉬고 있는 사이, 나는 재봉틀에 앉아 이런 저런 재봉질 연습으로 호기심을 달랬다. 이때 익힌 재봉질 솜씨는 지금껏 이어지고 있다.

---

14 베갯모는 베개의 양 쪽 마구리에 대는 꾸밈새.

어머니는 이 재봉틀을 '자방' 또는 '자방침(재봉틀의 방언)'이라고 했다. 어제 뵈었을 때도 그렇게 말씀했다. 자방침에 대하여 몇 가지를 여쭈어 보았다. 언제 사셨느냐고 여쭈니 시집 왔을 때 할아버지께서 사주셨다고 한다. 그런데 내가 어려서부터 들어온 이야기와는 사뭇 달랐다. 어머니가 샀고 값을 지불하시느라고 고생을 많이 했다는 얘기를 어머니로부터 직접 들었기 때문이다. 그런데 할아버지께서 사주셨다니? 이내 치매 때문이 아닌가하는 걱정이 앞선다. 아흔 하고도 여덟 살을 더 잡수셨으니 그럴 수도 있겠다 싶지만 달갑지만은 않다. 치매 없이 잘 사시다가 하늘의 부름을 받을 수는 없을까.

기억을 더듬어드리는 것이 좋을 것 같아 한 번 더 여쭈어 본다. 자방으로 농속, 속것(속옷)을 만들었다고 또렷이 말씀하신다. '농속'이 뭐냐고 여쭙자 이불, 베갯잇[15] 등을 비롯한 여러 가지 물건을 말씀하신다. 장롱 안에 넣어 보관하는 생활 용품을 그렇게 표현하는 것 같다. 그러니까 농속이란 농 안에 넣는 물건들을 지칭하는 말로 이해하면 좋을 것이다. '속것'에 대해서도 여쭀다. 적삼[16], 고쟁이, 속치마 등의 속에 입는 의류품들이다. '겉옷'과 구별되는 것으로 겉옷 안에, 즉 속에 입는 옷을 지칭하는 것으로 이해된다.

자방침이 있음을 알고 있는 동네 아주머니들이 농속이며 속것들을 만들어 달라고 부탁했단다. 이걸 만들어주면 이런저런 고마움으로 곡식이나 채소 등을 가져다 주었다. 이것들 역시 생활에 도움이 되었다고 하니 어머니로서는 소중한 물품임에 틀림없다. 하나 덧붙일 것이 있다. 자방의 기름칠이다. 정말 철저했다. 어머니는 자방침을 어머

---

15   베개의 겉을 덧씌워 시치는 헝겊.
16   윗도리에 입는 홑옷.

니의 몸과 한가지로 여기며 아꼈다.

나는 나와 관련된 소품에 꼭 이름을 쓰는 버릇이 있다. 자방침을 소중히 다뤘던 잔상 때문임은 두말할 필요가 없다. 이때 보고 배운 어머니의 모습에서 비롯되었다.

어머니의 이야기를 품은 재봉틀, 대를 이어 소중히 간직해야 할 가보다.

열아홉 살에 시집오면서 구입한 드레스 재봉틀. 생활 소품을 만들어 가계에 도움을 준 고마운 재봉틀이다.

우측 아래 상표를 확대해 보았다. '드레스'가 선명하다.
위 내용은 "THE ORIENTAL SEWING MACHINE CO"

수선 왕!

자고 일어나면
어제 떨어진 단추가 달려 있다
어제 뚫린 양말이 꿰매져 있다

달아 달라는 말씀도 안 드렸다
꿰매 달라는 말씀도 안 드렸다
어떻게 아셨을까
밤새 안 주무셨나?
떨어진 단추, 뜯긴 천, 해진 곳은 없는지
살피고 또 살피셨나보다

뜨거운 자식 사랑에서 비롯된
놀라운 관찰력과 배려 그리고 세심함
수선 왕 어머니는
으뜸 비서!

바보, 의사 선생

병은 어머니를 옮아맸다. 어린 형제들은 어머니의 아픈 옆구리에 자주 올라타야 했다. 왼쪽 옆구리, 나는 어머니의 왼쪽 옆구리를 무던히도 올랐다. 처음에는 한 발이었다. 성에 못 찬 어머니는 두발로 올라가라고 했다. 두발에 힘을 모아 굴러야 비로소 시원하다고 했다. 하지만 나는 벌컥 겁이 났다. 옆구리가 어떻게 될까 봐. (부러지는 건 아닌지….)

어머니를 괴롭힌 또 다른 질병이 있었다. 열병이었다. 온몸에 열이 오르면 선풍기부터 찾았다. 선풍기 바람에 의지하여 열을 쫓아냈다. 유일한 치료도구는 선풍기였다. 선풍기는 어머니의 상전上典이었다. 그리고 어머니는 그 하수인이었다.

아이러니한 게 있다. 열이 날 때 체온을 재 보면 아무렇지도 않다. 희한하다. 귀신이 곡할 노릇이다. 우리 어머니 열병은 '귀신병'이라고 해야 하나. 동네 병원을 찾았지만 의사 선생도 원인을 찾지 못해 안절부절못한다. 돌아오는 답변은 아무 이상이 없다는 소견이었다. 그토록 열이 나는데도 체온에 이상이 없다니….

열이 한참 올라 얼굴이 시뻘건 사과처럼 되었을 때도 체온기는 36.5도를 가리키고 있었다. 정상이었다. 원인이 없으니 별다른 처방이 없다.

더 답답한 문제는 여기서 그치지 않는다. 도회지나 서울 큰 병원에 가서 진료를 받으셔야 하는데 그럴 생각은 안중에도 없다. 벙어리 냉가슴을 앓는다고 했지 않나? 우리 어머니의 가슴은 냉가슴이었다. 아픈데도 치료할 돈이 없으니 냉가슴으로 달래야 했다. 이중고였다. 이를 지켜보는 식구들의 안타까움이 더해지면 삼중고가 된다.

그런데 동네 의사가 모르는 게 있다. 그걸 나는 안다. 이 병의 원인은 '돈병'이다. 돈이 없어서 생긴 병이다. 치료법은 간단하다. 돈이 있으면 된다. 의사 선생이 모르는 게 또 있다. 이 병은 걱정이 만든 '걱정병'이다. 술에 쩌든 남편을 바라보니 걱정이 쌓이고 또 쌓였다. '걱정병'은 술이 가장 큰 원인이다. 그 놈의 술이 내 가정을, 어머니를 이렇게도 처참하게 만들었다. 웬수(원수)가 따로 없다. 술이 웬수다. 술은 가난을 불러오는 철천지 웬수다.

"그들의 포도주는 뱀의 독이요 독사의 악독이라."
— 신명기 32장 33절 개역한글

"술 취하지 말라 이는 방탕한 것이니 오직 성령의 충만을 받으라."
— 에베소서 장 18절 개역한글

의사 선생이 모르는 게 또 있다. 어머니가 정신적으로 온전치 못한 큰아들을 생각하여 쌓인 한숨이다. 눈에 넣어도 아프지 않을 자식이 사람들의 사랑을 받기는커녕 비난의 대상이 되고 있으니 어머니의 병은 '자식 걱정병'이다. 큰아들은 가장 아픈 손가락이었을지 모른다. 이것들이 쌓이고 싸여 스트레스를 만들고 신경증을 양산한다. 화가 치밀고 또 치민다. 화가 쌓인다. 우울증이 겹겹이 쌓여 생긴 병, 이게 바로 '화병'이다. 어머니는 화병 환자였다.

> "화병은 울화병이라고도 한다. 울화병은 억울한 감정이 쌓인 후에 불과 같은 양태로 폭발하는 질환."[17]

> "억울한 일을 당했거나 한스런 일을 겪으며 쌓인 화를 삭이지 못해 생긴 몸과 마음의 여러 가지 고통에 대하여 우리나라 민간에서 사용되어온 병의 이름."

> "(명치에 뭔가 걸린 느낌 등 신체 증상을 동반하는 우울증의 일종으로 우울과 분노를 억누르기 때문에 발생한 정신 질환."[18]

정의를 내린 문맥마다 어머니하고 상의라도 하고 쓴 것처럼 원인과 증세가 똑같다. 서울대학교 의학정보지는 한국 특유의 문화적인 배경에서 비롯된 병을 'Hwa-byung'이라는 독립된 질병으로 명명하고 있다. 그랬다. 어머니의 병은 화병이었다. 한방신경정신과 전문의의 설명은 이 병의 존재를 이렇게 설명한다.

---

17   김종우, 1997, 심리학용어 사전.
18   서울대학교병원 의학정보지.

> '한국인의 병'이라고 할 만큼 화병은 한이 많은 우리 민족의 대표적
> 인 마음의 병이라고 할 수 있다.
>
> - 자하연한의원 임형택 원장

한 많은 이 세상과 야속한 님이 원인인 것이다. 가슴이 답답하고 숨이 막히는 듯하고, 무언가 치밀어 오르는 분노가 있고, 열이 얼굴이나 가슴에서 올라오는 느낌이 들고, 삶이 허무하고 우울하고, 한숨을 자주 쉬고…. 어머니는 전형적인 화병 환자였다.

그러나 어머니는 화병에 굴복하지 않았다. 무너져 내리는 하늘을 치받들고 그곳에서 구멍을 찾았다. 솟아날 구멍을 찾았다. 일곱 남매의 허기진 배를 생각하여, 배움에 목말라하는 자식들의 배움의 욕구를 해결하기 위해 몸부림을 쳤다. 수고하고 무거운 짐을 신께 맡기고 억만금과 같은 도전으로 정면 승부를 걸었다. 신경쇠약이 들어올 구멍은 어디에도 없었다. '가면 길이 생긴다.'고 했던가. 어머니가 가시는 곳엔 길이 생겼다. 살길이 생겼다. 먹을 길이 생겼다. 돈이 생겼다. 닫힌 문이 열렸다. 마침내 걱정이 해결되었다.

가르친 보람이 어느덧 결실을 맺기 시작했다. 아들들이 어머니의 빈 독에 쌀을 붓기 시작했다. 철밥통 공무원 아들 셋은 어머니를 가난의 그림자로부터 벗어나게 해드렸다. 그 후 우리 집안의 총무 형은 주의 종이 되고 나는 교장이 되었다. 어머니를 교장실로 모셔와 큰절을 올렸다. 지금도 요양병원 병실을 찾을 때면 교장 아들 왔다고 외치신다. 그리 큰 소리로 말하지 않아도 될 일인데도…. 어머니는 고생이 가져온 보람을 이렇게 큰 소리에 담아 스스로를 위로하시는 것이다.

그 마음, 나는 훤히 안다.

돈맛

잘 나가던 할아버지의 가계는 서울 유학길에 오른 큰아버지의 학업 뒷바라지[19]와 안양으로 이사한 작은 아버지의 사업 뒷바라지 그리고 고모들의 출가 자금 등 이런 저런 이유로 정리를 거듭했다. 고향에 홀로 남으신 아버지는 할아버지가 살던 집에서 아버지 곁을 지켰다. 재산에 대한 욕심조차 없었던 아버지! 남은 건 아내와 줄줄이 낳은 딸 둘과 아들 다섯이었다.

어머니의 처절한 생애는 이미 예고된 가시밭길이었다. 행복한 결혼이 아닌 가시밭길과의 결혼이었다. 그럼에도 어머니는 그런 아버지를 탓하지 않으려고 노력했다. 가계에 손을 놓으신 아버지의 빈자리를 어머니 혼자 억세게 감당했다. 먹고 사는 데 급급한 생애였고 두 아들 대학 등록금과 학비 조달 때문에 큰 고통을 겪었다.

둘째 형은 월남전 비둘기 부대로 파병되어 목숨과 같은 수당으로 가계를 돕고 학비를 조달했다. 셋째 형은 난전(亂廛, 허가 없이 길에 함부로

---

19 당시 큰아버지는 일본 사람들만 들어가는 경성제국대학(서울대학교 전신)에 합격하실 정도로 수재셨다고 함.

벌여 놓은 가게) 장사와 장돌뱅이로 갖은 고생을 해야 했다. 나는 고등학교에 진학하기 위해 과외에 몸을 던져야 했다. 대학을 다니면서도 알바로 식비를 충당했다. 그러나 큰돈이 들어가는 학비는 온전히 어머니의 몫이었다. 먹고 살랴, 자식들 학비 대랴, 어머니의 고통은 헤아리기 어렵다.

돌이켜보면 이런 와중에도 우리들은 정신을 바짝 차렸다. 돈맛(?)을 제대로 알았고 고생 끝에 낙이 온다는 현실을 소중히 생각했다. 정말 열심히 살았다. 인생 교과서요 멘토이신 어머니를 생각하면서 매 시간, 하루하루, 한 달, 일 년 삼백육십오일을 열심히 살았다. 숨 쉴 때마다 어머니를 생각하며 살았다.

작은 돈 한 푼이라도 모으고 또 모아 열심히 먹고 살았다. 내 형제자매들은 용케 장가들고 시집도 갔다. 손주, 손녀의 재롱을 보면서 행복한 가정을 꾸리고 있다. 되뇌면 어머니의 아픔을 내일로 승화시킨 인생 승리자들이다. 자식들과 자손 대대 후손들이 어머니의 흔적을 잊지 말고, 참된 '돈맛'을 알아 다시는 어머니와 같은 아픔을 겪지 않길 기도한다.

'뻥' 이야!

우리 어머니는 '진명대', 즉 진명대학교를 졸업했다고 자랑한다. 왜정시대 소학교를 졸업 한 게 학력의 전부인데 대학을 나오셨다고 큰 소리를 친다. 진명대가 어디에 있던가? 이럴 때 아이들이 쓰는 표현이 있다. '뻥'이다. 그런데 이 뻥 이야기가 나오게 된 동기는 그럴 듯하다.

태안의 어느 병원에서 그 실마리를 찾을 수 있다. 그 의사 선생은 여자였다. 원장실에 들어간 어머니의 눈에 액자가 들어왔다. 액자에는 한자로 된 고사가 적혀 있었다. 어머니는 거침없이 한자를 읽어 내려갔다. 여기, 두 분 사이에 오고간 말들을 미루어 적어본다.

> 여의사: (놀란 듯이) "어머머, 할머니 어떻게 그렇게 한자를 잘 아세요?"
>
> 어머니: (어깨를 들썩이며 자신 있게) "의사 선생님, 제가 이래봬도 진명대학 출신입니다."
>
> 여의사: (반색하며) "어머나, 그러세요? 대학 나오셨어요?"

어머니: (다소 거만한 표정으로) "그럼요. 아! 진명대학 출신이 저 정도
　　　　의 한자를 못 읽어서야 되겠습니까?"
여의사: (빙그레 웃으며) "그런데 진명대학이 어디에 있습니까?"
어머니: (싱글싱글 웃으며) "아, 서울에 그런 대학이 있습니다만. 자세
　　　　히 알려고 하지는 마세요."
여의사: (농담인 줄 안다는 듯) "호호호. 아, 알겠습니다. 대학 출신이
　　　　시니까 당연히 저 정도는 알아야죠. 어떻든 할머니 참 대
　　　　단하시네요."

그 어머니에 그 의사다. 객기를 부리는 그 어머니나 받아 주는 그
여의사나…. 그 후 이 사건은 우리 식구 모두에게 재밌는 에피소드
가 됐다.

어머니가 주변에서 일어나는 아주 사소한 일에 대하여 모른다 싶
으면, 아버지는 아, 진명대학 출신이 그것도 모르느냐고 어머니의 무
식을 은연 중 꼬집었다. 아버지뿐이 아니었다. 우리들도 그랬다. "아
니, 어머니! 진명대학 출신이 그것도 몰라요?" 하면 어머니는 "어허허
허허! 뭐, 대학 출신이라고 다 아나?" 하시고는 너스레를 떠셨다. 그
럴 때마다 한바탕 웃음 소동이 일어나곤 했다. 어머니의 여유와 뒷
심을 엿볼 수 있는 대목이다.

울 어머니는 왜정시대에 소학교(小學校, 초등학교)를 졸업했다. 근대
화 전, 더구나 일제치하에서 여성의 신분으로 소학교를 다닌다는 건
거의 불가능한, 일대 (기적 같은) 사건이 아닐 수 없다. 당시 조선 인구
2,000만 명 중 90%에 가까운 1,700만 명이 문맹이었다고 한다. 조선
일보는 1929년 7월부터 '아는 것이 힘, 배워야 산다.'라는 표어 아래
문자 보급 운동을 위한 국민운동 즉 문맹퇴치사업을 전개했다고 한

다. 그만큼 대다수 국민들이 문맹극복을 위해 언론이 앞장설 정도로 국민들의 문맹은 심각했다. 이런 정황으로 미루어 보건대 여성이 학교를 다닌다는 것은 매우 이례적이었다. 더군다나 일제치하에서 우리말을 배운다는 것은 거의 불가능한 일이었다. 신新 사고思考를 가진 외가댁 어른들의 근대 교육에 대한 열정에서 비롯되었다고 할 수 있다. 더구나 한자를 읽을 수 있다는 건 한자를 배웠다는 뜻인데 한약방을 운영하셨던 외할아버지의 영향이 컸던 것으로 짐작된다. 어떻든 한글뿐만 아니라 한자까지 줄줄 읽어 낼 수 있었던 어머니, 진명대학 이야기가 하늘에서 뚝 떨어진 얘기는 아닐 성 싶다.

조선일보 문맹퇴치
운동 기사

삼색론三色論

 어머니의 성격을 어떻게 나타내면 좋을까? 지금 어머니를 모시면서 수고하고 있는 제수씨는 다음과 같이 말한다.

> "어머니는 일체 남의 말을 하지 않으십니다. 싫은 소리, 흉하는 소리가 일체 없으세요. 참 대단한 분이십니다."

내가 인천에서 모시면서 겪었던 어머니에 대한 느낌과 일치하는 부분이다. 정말 어머니는 형제자매간 흉을 보지 않는다. 사람이 감정의 동물이어서 희로애락에 민감할 수밖에 없는데도 어머니는 그 절제력이 정말 뛰어나다. 어떤 이유에서일까. 꽉 찬 보름달처럼 매사 긍정적이어서 일까, 질긴 인내심 때문일까. 인생살이에 조금도 보탬이 되지 않는 것들은 아예 마음에 두질 않으려는 심산에설까. 주변 사람들에 대한 가식 없는 진심 때문일까. 이 물음에 대해 '그렇다'라고 말할 수 있다.

빈 수레처럼 요란하거나 매사 적당한 술수로 현란한 말솜씨를 뽐내는 그런 천박함과는 거리가 먼 분이다. 기개와 정절을 갖춘 분이고 긍정과 인내심이 유별나다. 읍내 병원의 여의사를 대할 때는 허심탄회한 긍정의 화술로 스스로의 신분을 높였고, 높은 친화력은 원수까지도 친구로 삼았으니 만나는 사람마다 언니요 동생이었다.

서울의 큰댁 식구들이나 안양의 작은 댁 식구들에게도 늘 따뜻한 손이었다. 가난하다고 해서 천박하지 않으셨고 비굴하지 않았다. 설령 부자로 사셨다고 해도 함부로 교만에 빠질 분 또한 아니다.

> "칭찬은 징처럼 울리게 하라. 인내는 질긴 것을 씹듯 하라. 미움은 물처럼 흘려보내라. 사람을 대할 때 늘 진심으로 믿어라. 후회하고 또 후회하여도 마음가짐은 늘 바르게 하리라. 오늘은 또 반성하고 내일은 희망이어라."[20]

일방적으로 어느 한 편을 드는 것도 거의 없다. 피를 나눈 형제들이 반목할 때는 일체의 간섭이나 편들기가 없다. 형제자매간 갈등의 소지가 있을 때 모시고 사는 내 편의 분위기를 풍기는 것만으로도 나와 아내에게 적잖은 위로가 될 텐데, 아는지 모르는지 좀처럼 내색을 하지 않았다.

모시고 사는 내 입장에서 이런 어머니의 태도가 못내 아쉬워 이런저런 주문을 해 보지만 신통한 반응이 없다. 어떤 경우에도 어머니는 개인적 감정을 쉽게 드러내지 않고 말을 아꼈다. 어떤 때는 생각

---

20 효 & 하모니 선교회, 《효와 행복》, 2016년 2월호, 77쪽, '신나게 사는 사람은 늙지 않는다' 중에서.

이 있는 분인지, 없는 분인지 의문을 제기할 때가 있을 정도다. 한 때는 그런 어머니를 원망하기도 했지만 그건 나를 스스로 자학할 뿐이었다. 어머니에게 자식들은 열손가락 깨물어 아프지 않은 게 없는 손가락이었다.

이러한 어머니의 태도는 아버지에 대해서도 한가지였다. 아버지가 술에 취해 들어오실 때 심한 언쟁을 벌이긴 했지만, 아버진들 돈을 벌고 싶지 않아서 안 벌어 오겠냐는 식으로 스스로를 위로했다. 이때도 아버지를 무시하는 발언은 없었다. 못살겠다느니, 이혼을 해야겠다느니, 심지어 극단의 선택을 할 것이라느니 등의 발언이나 신세 한탄, 자기비하自己卑下는 없었다.

그리고는 '삼색론三色論'을 곧잘 외치셨다. 삼색, 곧 세 가지가 갖춰지면 좋겠지만 이것이 인생이라고 하면서 스스로를 달랬다. 어머니는 일러 '삼색론자三色論者'였다. 내가 내린 삼색론의 정의는 이렇다.

> '정자 좋고, 물 좋고, 잔디 좋고'를 삼색3色으로 규정하시고 삼색이 잘 갖춰진 인생이면 나무랄 데 없으련만, 그렇지 못한 게 인생길임을 인정하고, 한번 맺은 부부의 인연을 삼색이 안 맞는다고 해서 함부로 할 수 없으니, 서로 현실인식의 바탕 위에 부부의 인연을 운명으로 받아드려 행복하게 살려고 노력해야 한다는 어머니의 신념.

누군가 그랬다. 길이 없으면 길을 내서 가고, 가다보면 길이 생긴다고 했다. 그리고 가면 닳는다고도 했다. 어머니가 걸어 온 곳에 반듯한 길이 만들어졌다. 아흔 여덟의 인생길은 축복의 길이었다. 마음가짐이 올곧은 어머니는 사람 됨됨이가, 마음가짐이 썩 괜찮은 분이다. 이런 어머니를 생각하면 성 프란체스코의 '평화의 기도'가 생각난다. 어머니는 이 기도대로 살았고 지금 백수를 코앞에 두고 있다.

"주여 나를 평화의 도구로 써 주소서
미움이 있는 곳에 사랑을
상처가 있는 곳에 용서를
분열이 있는 곳에 일치를
의혹이 있는 곳에 믿음을 심게 하소서
위로 받기보다는 위로하며
이해 받기보다는 이해하며
사랑 받기보다는 사랑하며
자기를 온전히 줌으로써 영생을 얻기 때문이니
주여 나를 평화의 도구로 써 주소서
오류가 있는 곳에 진리를
절망이 있는 곳에 희망을
어둠이 있는 곳에 광명을
슬픔이 있는 곳에 기쁨을 심게 하소서
위로 받기보다는 위로하며
이해 받기보다는 이해하며
사랑 받기보다는 사랑하며
자기를 온전히 줌으로써 영생을 얻기 때문이니
주여 나를 평화의 도구로 써 주소서"

– 성 프란체스코

성냄이 없는 차분함, 화냄이 없는 부드러움, 내일의 꿈과 희망을 품은 긍정의 힘! 어머니의 전매특허품이다.

미미가구라이데스!

셋째 형님 내외와 함께 요양 병원을 찾았다. 어머니를 3주 만에 뵙는다. 어머니에게서는 노인답지 않은 원력이 느껴진다. 예고 없이 들린 우리의 모습을 보고 기쁨에 벅차서 어쩔 줄 몰라 하신다. 아들 하나만 와도 반가우실 텐데 둘씩이나, 거기다 며느리들까지 왔으니…. 천군만마千軍輓馬를 얻은 것 같은 표정이다.

오늘도 어머니의 당당함은 병실이 떠나갈 듯 외치는 목소리에서 느껴진다. 병실에 계신 할머니들에게 우리들이 왔다고 자랑하신다. 인고의 세월을 헤쳐 온 여장부의 기질이 여실하다. 방에 계신 여섯 분의 노인들에게 죄송한 마음이 들 정도다.

형이 어머니에게 안부의 말씀을 드리자 갑자기 이상한 말로 답한다.

"미미가구라이데스!"

헛소리를 하시나? 이상한 말에 우리들은 어안이 벙벙해졌다. 우리는 다소 놀란 표정으로 어머니 신변에 무슨 일이 생긴 것은 아닌지 걱정했다.

"미미가구라이데스!"

연거푸 말씀한다. 무슨 뜻인지 몰라 하는 우리들을 향해 귀를 만지고 손을 가로로 젓는다. 어려서 선친으로부터 일본말을 조금 배우신 형님이 이내 눈치를 차리신다.

'아하! 무슨 말인지 못 알아듣겠다는 말씀이시구나.'

그랬다. '미미가구라이데스'는 상대방의 말을 잘 알아듣지 못할 때 쓰는 일본어였다. 귀는 어두워도 이 말을 기억하시고 재생하시는 능력이 여전히 뛰어나다. 놀라운 기억력에 다신 한 번 감탄한다. 어머니의 뇌 활동은 여전하다.

살아 있는 뇌! 생동감 있는 뇌! 여전히 활발한 뇌 활동이 정말 놀랍다. 축복이어라!

전화위복

가난이 복이다

"심령이 가난한 자가 복되다."
예수 그리스도는 그렇게 설파했다

가난이 스승이고, 가난이 행복이고, 가난이 축복이다
가난한 곳에 하나님 아버지가 계시다

가난한 이에게 복 놓아 외치고 싶은 말
힘들고 고달픈가?
그것도 복이다

정서적 풍요는
물질적 빈곤보다 한 수 위였다
끈질긴 투혼이 가난을 이겼다
가난도 복이었다

'발꼬랑'

우리 어머니는 알다가도 모를 때가 가끔 있다. 집사람 발가락을 보실 때마다 "아이구, 우리 어미는 발꼬랑도 이쁘다." 한다. 발가락이 이쁘다고? 발가락을 '발꼬랑'이라 부르는 것도 그렇고, 냄새 나는 발을 이쁘다고 하는 것도 그렇다. 함지박만한 발이 아무리 들여다봐도 이쁘지 않은데도 말이다. 나는 어머니에게 이렇게 말씀드렸다.

"어머니, 어미에게서 와이로蛙利鷺[21] 얼마나 받으셨어요?"

까르르. 웃음으로 대신하는 어머니. 와이로를 받은 것 같기도 하고 아닌 것 같기도 하다. 다시 아내에게 묻는다.

"이 사람아, 시어머니에게 잘 봐달라고 용돈 너무 드리지 마!"

"호호호!"

어머니도 아내도 한 바탕 웃음꽃을 피운다.

나의 어머니 김동임. 난, 그 이유를 알 만큼 안다.

---

21 뇌물(わいろ), 일본어지만 어려서부터 듣고 써온 말이라 정감이 간다.

간지러워라

——————————— 행복한 내 어머니!

목욕탕 가는 날을 손꼽아 기다리신다.

눈치 빠른 아내, 오늘도 목욕탕을 찾는다.

어머니와 함께

친정어머니라고 생각하나?

등이며 배며 가슴이며 젖통이며 닦고 또 닦아드린다.

"애비야! 글쎄, 에미가 발꼬랑 사이사이를 닦아 주는데 어찌 간지러
운지 참느라고 혼났다."

냄새나는 그곳까지 닦아드리다니

진심이 아니고서는 그럴 수 없었으리.

눈물겹다.

"호호호."

아들에게 일러바치는 어머니의 즐거움이
웃음 안에 숨어있다.
그 안에 숨겨진 노골적인 속내
며칠 후를 예약하신다.
싫은 내색 없는 아내, 고맙다.
행복한 내 어머니!

시원한 사랑

신 시장[22] 집 앞 마당
한여름 밤의 소박한 일상
저녁을 먹고 자리를 폈다

어머니랑 어린 형제들이 옹기종기 모인 자리
어둠으로 가득한 사방천지
하늘 천장, 검은 도화지에서 빛나는 초롱초롱한 별들
휙!
이쪽 하늘에서 저쪽 하늘에서
휙! 휙! 휙!
순식간에 벌어지는 별똥별들의 잔치
까만 우주 공간에서 펼쳐지는 별들의 별난 현상

그 땅 하늘 아래 펼쳐지는 하루살이들도
전봇대 불빛에 모두 모였다
모기 쫓는 모닥불 사이로

22　고향에는 구 시장과 아랫동네 신 시장이 있었다.

어머니의 부채질에서 몰려오는 바람
그리고 터져 나오는 환희와 함성
"아, 시원해!"
어머니가 만들어주신 사랑의 부채질
별들이, 하루살이들이 이 기분을 알까

밭, 흙, 떼산

어머니가 좋다, 아버지보다도…. 나만 그런가. 서 말의 땀과 한 말의 피를 쏟으신 해산의 고통을 이기고(목숨과 맞바꿀 정도의 고통을 이기시고) 낳아 주셨을 뿐 아니라 빈자리 마른자리를 마다하지 않고 키워 주셨기 때문이다.

혼히 어머니를 표현할 때 '밭'에 비유하고 아버지는 '씨'로 비유한다. 왜 어머니를 밭에 비유할까. 밭은 생산의 대명사다. 사람이 먹어야 할 먹거리는 밭에서 나온다. 밭에서 얻는 먹거리는 삶을 지탱하는 힘이다. 먹거리 중 찬거리가 대부분인데 이 찬거리를 밭에서 얻는다. 엄동설한을 겪고 자란 '봄동'에 고춧가루로 버무리고, 파를 가늘고 길게 썰어 함께 묻히면 임금님 수라상이 부럽지 않다.

약간 뒴직한 정도로 끓여낸 된장에다 마늘을 얹어 먹는 상추쌈은 한여름의 입맛을 한껏 돋운다. 가을배추와 무는 긴 겨울을 지내기 위한 김장 김치의 원료로써 없어서는 안 될 먹거리다. 주재료로써의 쌀은 또 어떤가. 논은 밭과 구별되지만 바탕은 흙이라는 점이 같다. 물이 잠긴 흙이 논이다.

밭은 물빠짐이 좋은 땅이고 논은 물 빠짐이 적은 땅이다. 밭은 논을 포함한다. 바다 역시 그렇다. 바다는 해저라는 흙 위에 담긴 물의 집합체다. 생선이라는 먹거리가 물을 생명으로 하지만 그 원천에는 해저의 흙이 버티고 있다.

텃밭을 가꾸다 보니 정말 흙은 또 다른 생명을 잉태하고 있음을 깨닫는다. 뿌리를 내린 식물들이 같은 빗물을 머금고 푸른 하늘을 향해 솟구쳐 자란다. 같은 땅과 같은 수분 그리고 같은 공기를 취하여 자라지만 결과는 제각각이다. 우선 생김새가 다르고 색깔도 천차만별이다. 크기도 물론 그렇다. 크게 자라는 게 있는가 하면 아주 작은 것들도 있다. 울창한 숲속에서 자라는 이끼류는 신기하기만 하다.

흙은 오만가지를 품는다. 빗물도 품고 썩은 동식물의 사체도 품고, 가지가지 오물들을 받는다. 그리고는 고이 간직해 두었다가 식물들의 영양분인 거름으로 바꾸어 되돌려 준다. 그러고 보면 흙은 생명체다. 아니 생명이다. 흙은 생명이다.

> "여호와 하나님이 흙으로 사람을 지으시고 생기를 그 코에 불어 넣으시니 사람이 생령이 된지라."
>
> – 창세기 2장 7절 개역한글

그 후로 신발과 흙에 묻은 지저분하고 더러운 흙, 천덕꾸러기 흙에 대해서 전향적인 생각을 갖게 되었다. 죽어서 가야 할 곳이 있으니 흙으로 돌아가지 않나? 신이 사람을 만드실 때 왜 그 많고 많은 재료 중에서 하필 흙을 소재로 택하셨을까 궁금했는데 이제 알듯하다.

넋두리를 이만 끝내고 다시 말을 잇는다. 흙은 무한 창조의 에너지를 품고 있다. 하늘에 태양빛이 있다면 땅에는 밭이 있다. 밭은 일을 전제로 한다. 밭일! 참 힘든 일이다. 왜 사람들이 농사를 뒤로하고 읍내로, 또 도시로 가는가. 힘들어서 간다. 여타의 말은 변명일 뿐이다. 물론 기계화된 농기구가 있으면 별개의 문제일 수 있다. 하지만 농기구 구입이 적잖은 부담인데다가 설령 그렇다하더라고 밭일은 힘들다.

밭일이나 자식을 키우는 일 역시 한가지다. 시인 정우영은 『밭』이라는 책에서 시골 어머니의 늙은 몸을 '밭과 같이 변해서'라고 표현한다. 이런 맥락으로 보면 '어머니는 밭'이라는 표현은 적절한 것 같다. 자식 기르는 걸 자식농사에 비유하는 것은 타당하다.

우리 어머니는 내가 중학교 다닐 때쯤 읍내를 뒤로하고 반곡盤谷이라는 산골 동네로 이사를 했다. 먹고 사느라 등골이 휠 정도인데 두 아들을 대학까지 보냈으니, 어쩔 수 없는 뒷감당 끝에 선택한 돌파구였다. '곡谷'의 의미처럼 산골짜기 동네였다. 고향에서 백화산(해발 284m) 다음으로 높은 해발 높은 야산에 이사하신 어머니는 야산을 일구어 먹거리를 만들기에 분주했다.

떼밭(야산을 일구어 만든 밭)이었다. 평지의 떼밭이라면 그래도 다행이련만 야산의 기슭에 위치한 야산 떼밭이었다. 산세가 가파르다보니 계단식으로 밭을 일구어야만 했다. 오르내리기도 힘든 야산에 밭을 만들었으니 육체적 고통은 두말이 필요 없다.

유일한 거름인 빗물은 아래로 또 아래로 빠져나가기 일쑤였으니 자연마저도 어머니를 외면했다. 거름이라고 해야 고작 밥 짓고 군불 지핀 후에 남는 재가 유일했다. 이처럼 척박한 땅이 또 있을까 싶다. 그래서 뿌리혹박테리아가 거름 노릇을 대행해 주는 콩[23]을 주로 심었고 이걸 팔아 살림 밑천으로 삼았다.

　자식을 위해 희생한 늙은 어머니의 몸은 밭이었다. 그 밭은 야산의 흙을 일구어 만든 고통의 터였다.

　땀방울이 무수히 떨어진 그 밭에서 자식인 우리들이 자라났다.

23　백태: 두부와 된장의 원료.

어머니를 어루만진 향기

아버지께서 백합 종자를 구해다가 대문 근처 떼밭 언저리에 심으셨다. 흰 나팔 모양의 백합이 뿜어내는 향이 처음부터 은은하게 코끝을 스치더니, 몇 송이가 더 벌어지면서부터는 온 집안이 향으로 진동한다.

나팔 모양의 생김새 때문이던가. 백합하면 오스트리아 출신 음악가 주페(Suppé, Franz von, 1819년~1895년)가 떠오른다. 그의 곡, '경기병 서곡輕騎兵序曲'[24]은 초등학교와 중학교 음악 교과서에 실릴 정도로 유명하다. 그래서 클래식 애호가는 물론 대중들에게도 사랑을 받는 곡이다.

백합 향은 이 곡의 서곡을 장식하는 트럼펫과 호른이 내는 소리만큼이나 강렬하다. 집안 구석구석은 물론 동네 어귀까지 마구 퍼 나른다. 어머니에게 이 향은 생존전략의 하나였다.

---

24 경기병 서곡 (Light Cavalry Overture): 주페는 1866년 오스트리아 빈의 시인 카를 코스터의 대본에 의한 군대 이야기로 헝가리 무곡을 사용해서 만든 희가극이다. 용감한 경기병을 암시하는 금관악기의 팡파르로 시작된 경쾌한 행진은 듣는 이의 마음을 밝게 해 준다.

어머니는 백합을 정성껏 캐어 바구니에 담았다. 활짝 핀 것, 반쯤 핀 것, 꽃망울이 진 것 등으로 구분하여 각각의 바구니에 담았다.

그리고 시장으로 나가서 오고가는 사람들의 코를 향으로 유인했다. 울려 퍼진 향내음을 따라 킁킁거리는 코를 앞세우고, 어머니 앞에 머무는 시장 사람들은 지갑을 열어 향과 바꾸었다. 지갑을 열게 한 것은 백합의 향이지만 백합의 향을 움직인 장본인은 바로 우리 어머니였다. 향마저 재화로 이용하는 어머니의 담대한 지혜!

사막에 물이 없는가. 어머니에게 배우라.

"게으른 자여 개미에게 가서 그가 하는 것을 보고 지혜를 얻으라."
– 잠언 6장 6절~11절 개역개정

빛 좋은 개살구라고?

 집 바로 앞, 길가 언저리에 살구나무 한 그루가 있다. 7, 8월이 수확기로, 하나둘씩 떨어지기 시작하다가 비바람이 몰아치면 와르르 쏟아진다. 바구니를 찾는가 싶더니 어느새 가득 채운 어머니. 빛깔 좋고 안 깨진 것을 모으고는 다시 깨진 것을 따로 모았다. 시장에 내다 팔기 위해서다. 앞에 것은 좀 된 가격으로 팔고 뒤에 것은 좀 싸게 팔거나 먹었다. 맛은 이놈들이 더 좋다고 하시는데 한참 익어가는 녀석들이니 그럴 수밖에 없다.

한편으로는 어떻게 저걸 내다팔까 솔직히 부끄럽고 창피한 생각이 들었다. 내게 살구는 단지 길가 나무에 달린 열매일 뿐인데…. 떨어지는 살구를 보면서 때가 되니 또 떨어지나 보다 했다.

'그런 살구가 어머니에게는 돈으로 보이나 보다.'
'살구가 떨어질 때 돈이 떨어진다고 생각하나 보다.'
'살구를 주울 때 돈을 줍는다고 생각하나 보다.'

살구의 꽃말, '처녀의 부끄러움'이 무색하다. 나에게 살구의 꽃말은 '어머니의 당당함'이다. 처녀의 부끄러움이 어머니에게는 사치에 불과하더란 말인가. 어머니는 떨어진 살구도 힘이었고 돈이었다. 물끄러미 바라보다 못해 창피하게 생각한 나. 철부지였다.

누가 빛 좋은 개살구라고 했던가.

'만약'이란 없다

2016년, 병신년丙申年 새해가 밝았다. 신정에 이은 구정의 새해다. 구정 연휴의 혼잡한 때를 피해서 며칠 늦은 토요일을 택해 아버지 산소를 찾아 성묘를 하고 어머니도 찾아뵈었다. 한 살 더하셨으니 모진 인생치곤 멋진 노년을 보내고 계신다.

주무시는 데 깨웠다. 그런데도 반색하면서 반겨 주신다. 설날 찾아뵙지 못해서 그런 것은 아닌지 죄책감마저 앞선다. 지난 번 뵈었을 때보다 야위고 수척해지신 듯하다.

내 손과 아내의 손을 번갈아 만지고 마구마구 흔들면서 반가워한다. 옷도 여기저기 만지고 비비면서 연신 눈을 마주친다. 새끼들 왔다고 반가워해 주시는 어머니. 좀 수척해진 것 빼고는, 여든 아홉의 나이를 전혀 느낄 수 없는 모습이다. 그저 감사할 뿐이다.

'만약'이라는 단서를 붙여본다. 눈이 어두워서 아들인지 며느리인지 분간을 못한다면, 아픈 곳이라도 있어서 통증이 심하여 끙끙 앓고 계신다면, 무슨 말을 하는지 도무지 알아차리지 못하여 대화를 나눌 수 없다면…. 지금 이 순간의 어머니에게 '만약'이란 없으니 그저 감사할 따름이다. 지척에 살면서 어머니에게 아침저녁으로 문안 인사를 드리는 동생 내외의 효심에 고맙다는 말을 전한다. 가까이 모시고 사는 자식이 효자다. 어쩌다 들른 자식들이 향수 같은 달콤한 소리를 발산해도 가까운 자식의 깊은 효심을 따를 수 없다.

손놀림과 발놀림이 아직은 괜찮으시다. 눈도 밝아서 가져간 편지글을 돋보기안경 없이 읽으신다. 여남은 장이나 되는 한 편의 편지글을 손에 침을 묻혀 가면서 남의 도움이 없이 넘기고는 글씨 한자 한자 또박또박 읽어 내신다.

문장의 뜻을 잘 이해하신다. 감동 받는 부분에서는 박장대소를 서슴지 않으신다. 교장 아들 왔다고 너스레를 떠시면서 병실 할머니와 김 회장이라 부르는 간병인들 들으라고 은근히 소리를 더 높여 말씀한다.

함께 간 며느리 이름을 정확히 기억하는 기억력, 놀랍고 놀랍다. 감사 외엔 다른 말이 필요 없다. 복이란 복은 한 몸에 받고 계신 어머니다.

신은 고진감래(苦盡甘來, 고생 끝에 즐거움이 온다는 것을 이르는 말.)의 은혜를 어머니에게 베푸셨다.

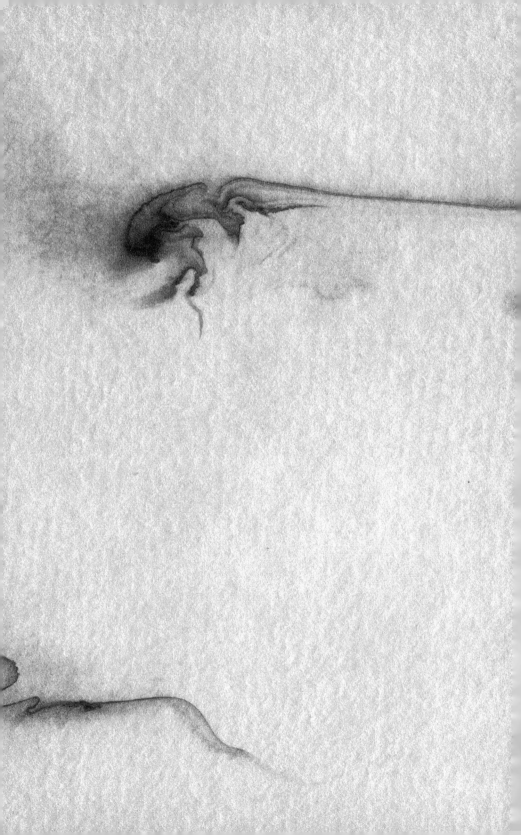

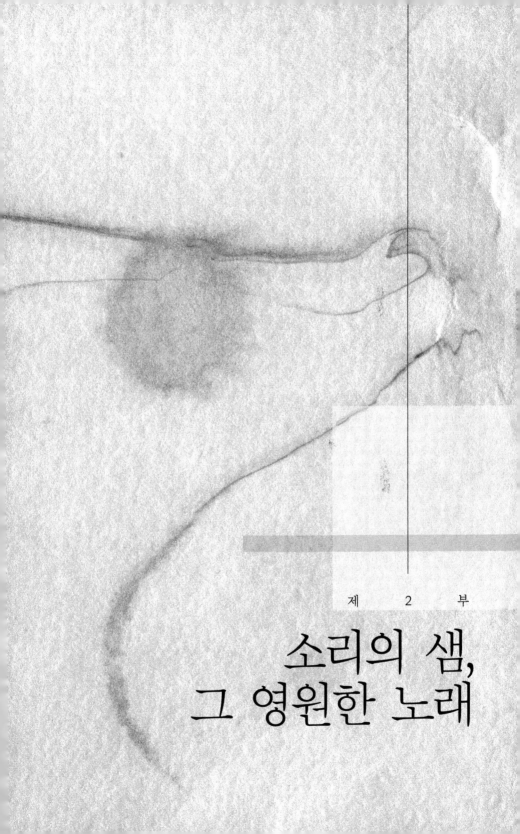

제 2 부

소리의 샘,
그 영원한 노래

창唱하면 역시 어머니

 어머니의 목소리는 청아하다. 소학교 때 독창은 어머니가 도맡으셨다고 한다. 노래에 남다른 능력을 타고 나셨다. 그리고 노래 부르기를 즐기셨다. 좋고 기뻐서 한 곡, 아쉽고 서글퍼서 한 곡, 삶이 고달플 때 눈물 섞인 노래로 맺힌 한을 푸셨다. 어머니의 십팔번은 '어머니 마음'[25]과 '성불사'[26]다.

아하! 입원했다는 소식을 듣고 한달음에 달려간 이 날도 어머니는 또 노래를 했다.

"나실 때 괴로움 다 잊으시고 기를 제 밤낮으로 애쓰는 마음.
진자리 마른자리 갈아 뉘시며 손발이 다 닳도록 고생하시네.
하늘아래 그 무엇이 높다 하리요 어머님의 희생은 가이없어라."

다소 의아한 노랫소리였다. 백세를 바라보는 연세에 노래를 부르

---

25   양주동 작사, 이흥렬 작곡.
26   이은상 작사 홍난파 작곡.

시다니…. 먼저 보낸 지아비를 그리는 연가인가, 자식들을 여전히 사랑한다는 독백인가. 또 노래를 부를 정도로 건강하다는 힘의 과시인가. 아니면 뜸하게 어머니를 찾아서야 되겠냐는 질책인가. 기뻐해야 할지, 슬퍼해야 할지 당최 종잡을 수가 없다. 아내도 다소 의아해하며 내 눈치를 살폈다.

개운치 않은 묘한 뒷맛 때문에 노래의 즐거움은 뒷전이지만, 구십팔세 노인이 왕성한 기억력을 더듬어 혼신의 근력을 다해 노래하는 모습은 애달프면서도 놀랍다. 이유야 어떻든 마음과 몸의 활동력이, 정기精氣가, 타고난 기운이, 남을 의식하지 않는 배짱 등을 생각하면 역시 어머니답다.

다음에 뵐 때는 내가 먼저 선수를 쳐서 이 노래를 불러 드려야겠다. 내가 노래를 부르면 이 병실의 다른 사람들이 나를 보고 이상하다고 하지는 않을까? 잘한다고 하는 할머니들도 혹 있겠지. 하지만 그 어머니에 그 아들인 내가 못할 거 없다.

어머니의 가야금

경인교육대학(야간)에서 국악공부를 할 때다. 그렇게 어려운 살림에도 어머니는 50만 원이나 되는 거금을 내 손에 쥐어 주셨다. 그 돈을 받는 순간, 참으로 만감이 교차했다. 가야금을 사고 싶은데 살 돈이 없다고 한, 나의 말을 잊지 않으셨던 거다. 돈을 달라고 한 적도 없고 돈을 주려니 생각도 안 하고 있었던 터라 적잖게 놀랐다.

이 돈을 어디서 나셨을까? 어떻게 돈을 모으셨을까? 잡수실 거 못 잡수시고, 입으실 것 못 입으시고, 쓰실 것 못 쓰시고, 사실 것 못 사시고, 아끼고 또 아껴서 모은 돈이겠지. 아들 가야금을 사주기 위해 콩 팔고, 백합 꺾어다 팔고, 살구 따서 팔고…. 돈 되는 것은 모조리 팔아 모으고 또 모으셨겠지. 오매불망 자나 깨나 이 아들 가야금 살 돈을 모으기 위해 고생하셨을 어머니를 생각하니 그저 목이 멘다.

사실 나는 그때 가야금을 사지 않았다. 정확히 말하면 사질 못했다. 사라고 했는데 안 샀다. 죄를 지은 거다. 죄 중에서 가장 무서운 죄가 '괘씸죄'라고 한다지? 나는 괘씸죄의 중죄인이다. 기한이나 형량이 없는 죄, 그래서 가장 무서운 죄가 아니던가. 이 죄에 걸린 나는 지금도 여전히 창살 없는 감옥에 갇혀 있는 것 같다. 이제 생각해 보면 먹고 살기 바쁜 핑계가 이유가 될 수 없었다. 무조건 샀어야 했다. 돌아볼수록 가슴이 저미고, 아리고, 쓰리다. 이 가야금이 그때 어머니가 주신 목숨과 같은 돈으로 구입한 가야금이라고 말씀드릴 수 없으니….

아! 쏟아지는 눈물, 가눌 길 없다.

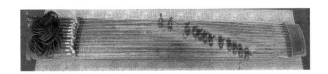

위 사진의 가야금은 돈으로 산 것이 아니어서 유감이지만 그나마 어머니의 마음을 간직할 수 있다. 지인이 이 가야금을 주겠다고 했다. 족보 있는 가야금[27]이라고 하면서 비록 중고품이지만 아직은 쓸 만하다고 했다. 나는 말을 듣는 순간 주저 없이 소리치듯 달라고 했다. 불현듯 어머니의 '가야금' 생각이 번갯불처럼 스쳤던 것이다.

지금도 이 악기는 내가 잘 보관하고 있다. 앞으로도 내가 있는 가까운 곳에 자리할 것이다. 어머니의 분신이니까. '아리랑'을 튕길 때마다 어머니의 내리사랑의 구슬픈 가락이 내 마음을 적실 것이다.

어머니를 생각하며 오늘도 가야금을 뜯는다.

---

27   이 가야금은 중요무형문화재 제42호이신 고흥곤 악기장이 제작한, 유명한 악기로 판명됨.

미운 돌멩이

'미운 돌멩이'를 작곡한 황의구 님은 저명한 작곡자다. 평소 잘 알고 지내는 든든한 믿음의 형제요 음악의 후원자다. 이 곡은 곡조도 좋고 가사 또한 음미할수록 심금을 울린다. 강한 위로를 받게 하는 가슴 찡한 노래다.

미운 돌멩이

이경주

1. 이른 새벽안개 낀 개울가. 미운 돌멩이 눈에 이슬방울처럼
   차가운 눈물 맺혀 있어요. 눈물 똑똑 서럽다고 울고 있어요.
   아무도 데려가 주지 않는 것 조물주는 미운 돌멩이 왜 만드셨을까.
   왜 예쁜 것들만 만들지 않고 이 세상에 슬픔을 주셨을까요.

2. 이른 새벽안개 낀 개울가. 높은 곳에 이르면 개울을 따라.
   큰 강을 따라서 비단 폭처럼 예쁘게 빛나는 미운돌멩이.
   이 세상 모든 것 쓸모가 있고 못생긴 것들이 있어 더 아름답네요.

이제야 알았네. 나는 알았네. 신비로운 자연의 아름다움을요.

　1절에서는 서러운 마음을 잘 표현하고 있다. 서럽고 차갑다고 읊조
린다. 조물주가 만든 돌멩이 때문인데 예쁘게 만들지 않고 밉게 만들
었다나? 근데 2절에서는 상황이 반전된다. 미운 돌멩이가 착한 돌멩
이가 된다. 예쁘다 못해 빛난다. 큰 강을 따라 가지런히 놓인 돌멩이
가 더 이상 밉지 않다고 너스레를 떤다. 아니, 신비롭다고까지 한다.
　내가 이 노래를 좋아하는 까닭이 있다. 노래의 미운 돌멩이가 나일
지 모른다는 자책감에서다. '금수저' 가정에서 태어나지 못하고 '흙수
저' 집안에서 태어나고 자란 내가 바로 미운 돌멩이가 아니던가. 그랬
다. 나도, 칠남매도 미운 돌멩이였다. 가난한 선비를 둔 아버지 덕분
(?)에 어머니는 물론 우리 모두가 철저히 그래야만 했다. '(주)미운돌
멩이패밀리'라고나 할까.
　미운 돌멩이들의 실질적인 대표는 어머니였다. 대표로서의 어머니
는 안간 힘을 쓰셨다. 재봉틀로 '속곳(고쟁이 등)' 만들기, 남의 산 땔감
채취하여 팔기, 찐빵 만들어 광주리에 이고 팔기, 생선을 떼다가 또
는 쌀 사서 되팔기, 떨어진 살구 주워 팔기, 백합 팔기, 소학교 동창
네 밭일하기, 학자금 마련을 위한 계모임 조직하기 등 찬물 더운 물
을 가리지 않았다.
　극한 환경을 모면하기 위한 기상천외한 발상이 동원되었다.

(악보 일부 생략)

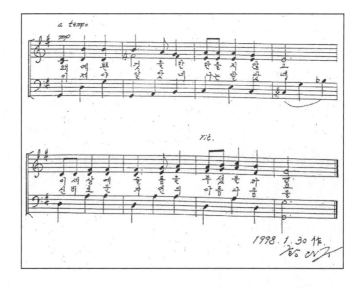

우리들 역시 미운 돌멩이로부터 벗어나기 위해 무던히 노력했다. 형들은 차부(버스 터미널)로 가서 버스를 닦았다. 흙먼지를 뒤집어 쓴 버스를 닦는 일은 쉬운 작업이 아니었다. 키의 두 배나 되는 버스를 닦아야 했으니, 중력을 향해 치닫는 더러운 물은 걸레자루를 거쳐 소매를 지나, 목과 어깻죽지를 타고 겨드랑으로 마구 흘러들었다.

골목 어귀에서는 낯익은 소리가 들려왔다.

"아이스케익! 얼음과자!"

앗! 셋째 형이었다.

장돌뱅이가 되어 난전도 찾아 다녀야 했다. 월남전의 전장에 나가 목숨을 담보로 세계 평화를 위한 전쟁에 참여해야 했다. 중학교를 졸업한 나에게 고등학교 진학은 한낱 꿈에 불과했다. 동네 아이들을 모아 과외 수업을 해 학비와 용돈을 조달해 써야 했다.

이렇게 우리들은 미운 돌멩이 신세로부터 벗어나기 위해 안간힘을 다했다. 둘째 형과 나는 초등학교 교사로, 셋째 형은 사업가로, 막둥이 동생 역시 공무원으로 탈피를 거듭했다. 지금은 어엿한 사회인으로서 버젓한 직장에서 남부럽지 않게 살아가고 있다. 미운 돌멩이가 갈아지고 닦여져서 사회에 일조하는 예쁜 돌멩이로 변신했다. '어머니 정신' 때문임을 믿는다.

황 교수로부터 이 노래를 전해 받은 것은 15여 년 전이었다. 그때 부른 노래가 감명 깊어 악보철에 고이 보관해 두었다. 나와 같은 처지의 아이들에게 이 노래를 알리고 싶었다. 그날을 기다리며 악보를 보관해 두었던 것이다. 그러다가 '선학 여성 Joyful Choir' 제2회 정기연주회(2015년 12월)를 앞두고 이 악보를 꺼내 들었다. 2부 합창 발표곡으로 확정하고 연습을 했다. 아이러니하게도 이 악보를 받아본 황 교수는 작곡의 기억을 까맣게 잊고 있었다. 하지만 연도(1998년)가 명기된 본인의 친필 사인이 결정적이어서 부인할 수도 없었다. 자그마치 17년이 넘게 잠자고 있던 악보가 햇빛을 보게 되었다.

십년이면 강산이 변한다고 했건만, 그러고도 칠년이 훌쩍 넘긴 이 노래는 그때의 감회가 그대로 담겨 있었다. 특히 '차가운~', '눈물 뚝뚝~'의 대목에서는 그때와 조금도 다름이 없었다. 가슴이 뭉클해지고 눈물이 맺혔다. 나도 울고 몇몇 단원들도 손수건을 꺼내어 눈가를 훔쳤다.

어린 학생들과 교직원들과도 틈틈이 노래를 익혔다. 연주회 때는 작곡자인 황 교수를 초청해 직접 합창 지휘를 부탁했다. 노래를 부르는 이들의 표정에서 미운 돌멩이가 지니고 있을 의미와 가치에 심취한 듯 느껴졌다. 그들은 마치 그 때의 내 처지를 알기라도 하듯 진지하게 노래를 불렀다.

선한 욕심이 있다. 이 노래가 초등학교는 물론 중학교와 고등학교 음악교과서에 실려 어려운 처지에 있는 학생들에게 '희망의 울림'을 전하는 노래로 자리하길 바란다. 또한 대중에게도 퍼져 우리나라 소외 계층 이들에게 소망의 메시지가 되었으면 좋겠다.

오줌싸개지도

윤동주

빨랫줄에 걸어 논
요에다 그린 지도
지난밤에 내 동생
오줌 싸 그린 지도

꿈에 가본 어머니 계신
별나라 지돈가?
돈 벌러 간 아빠 계신
만주 땅 지돈가?
못 자는 밤
하나, 둘, 셋, 넷

밤은
많기도 하다

문화 예술의 스승

어리고 여린 가슴은 교회의 풍금(오르간) 소리를 들을 때마다 쿵쾅쿵쾅 뛰었다. 그 소리 속으로 내 영혼이 빨려 들어가는지 어느새 눈은 건반 위로 날고 있었다. 멜로디를 따라 여러 소리가 어울려서 울리는 소리에 매료되었다. 교회 반주자는 음악 전공자가 아니었다. 전문가가 보면 많이 서툴렀겠지만 내게는 그저 아름답게만 들렸다. 고운 비단이 내는 소리처럼 귀에 내려앉았다. 어느새 이 반주자는 나의 음악 선생이 되어 있었다.

반주자의 손가락을 유심히 살피고 관찰했다. 반주는 손가락도 손가락이지만 여러 가지 음악 이론은 당최 알 수가 없었다. 그분 역시 귀동냥으로 들어 왔으니 나 역시 장님이 코끼리 만지듯 그렇게 배워야 했다. 박자, 음정, 화음 등의 아마추어 이론이 그런 대로 재미가 있었다. 부지런히 입을 놀려 대며 여러 가지 질문을 쏟았다. 모르는 것이 더 많아 답답했지만 선율과 화음의 아름다움보다 앞서지 않았다. 음악 원리나 규칙 등이 한두 개씩 들어오기 시작했다.

처음에는 한 옥타브씩 짚는 걸음마부터 시작했다. 양악의 한 옥타브 곧 '가온 다'(으뜸음 '도' 음)의 중심 되는 음을 기준으로 아래의 '다'와

한 옥타브 또 아래의 '다' 그리고 더 낮은 '다'를 동시에 누르는 연습부터 시작했다. 왼손으로 더 낮은 '다'까지 누르려면 엄지손가락과 새끼손가락을 맘껏 벌려야 했는데 차라리 찢는다는 표현이 더 옳았다.

찬송가 반주는 한 음 한 음을 4성부, 곧 소프라노, 알토, 테너, 베이스를 동시에 눌러야 하는 부담이 따랐다. 한 눈으로 네 개의 음을 동시에 봐야 하고, 네 개의 손가락은 여기에 맞게 건반을 눌러 주어야 했다. 음표와 손가락의 협응이 어려웠다. 이 틈 사이를 비집자니 눈동자만 요란하게 움직였다. 그러나 좋으면 하게 되어 있던가. 예배당에 홀로 남아 연습을 열심히 했다. 텅 빈 예배당은 나의 전용 연습장이었다. 악보와 건반의 손가락을 바라보는 번득이는 눈과 만들어진 화음이 레슨 선생이었다.

그 뒤 이런 음악 열정이 인정되어 예배의 반주자가 되었다.(이때가 고등학교 1학년이었다.) 그리고 교사가 되고 나서는 음악교육에 대한 학문적 노력도 병행했다. 몇 편의 논문이 학회지에 실리고 마침내 국정교과서와 검인정 교과서의 저자가 되었다. 음악교육의 지평을 하나씩 열면서 여기까지 오게 되었다. 그리고 섬기는 학교마다 음악 문화 예술을 접목시키기 위해 노력했다.

어머니는 내 음악의 스승이었다. 음악예술의 끼가 고스란히 뼈와 골수를 채웠기 때문이다. 노래로 가난한 인생을 보상 받으신 어머니. 그 삶의 유전자는 나에게 절대적인 영향을 끼쳤다. 음악 선생으로서 음악을 통한 학생들의 정서 함양에 매진하게 되었다. 교장이 되어서도 문화예술 활동에 전념할 수 있게 했다. 가난으로 인한 한을 노래로 푸셨다고 할 정도로 음악이 친구였던 어머니, 노래는 어머니의 동반자였다. 땀과 피 속에는 흐르는 음악 예술의 '끼'가 내게 그대로 전해졌다. 시금석試金石이 아닌 시음석試音石이다. 음악예술의 대모代母시다.

봄비가 새장막을 드리워 기운이 열린다.
복사꽃 붉고 버들 푸르러 봄이 다 가네.
바늘에 꿴 구슬은 솔잎의 이슬.

春雨新幕氣運開(춘우신막기운개)
桃紅柳綠三春幕(도홍류록삼춘막)
珠貫靑針松葉露(주관청침송엽로)

- 매월당 김시습[28]

28   이문구 장편소설, 매월당 김시습, 서울; 문이당, 6판 발행 1992, 304쪽.

어머니 같은 '어머니' 만들기

교회에는 찬양대(성가대)라 불리는 합창단이 있다.[29] 여성의 목소리와 남성의 목소리들이 합쳐지면 완벽한 화음으로 짜여, 듣는 이들의 심금을 울리고, 달래고, 지진다.

고1때부터 교회 예배의 찬송가 반주를 도맡다시피 했으니 내 귀는 4부 합창(찬송가는 4부 합창곡)의 매력에 잘 다져져 있다고 할 수 있다. 교직에 들어와서도 나의 음악적 끼가 이곳저곳에 간섭하고 관여했다. 소리의 매력은 자석과 같았다.

어린이 합창에도 꾸준히 노력했지만 어머니 합창에도 그랬다. 1991년, 가정초등학교에 부임하면서부터 어머니 합창에 본격적으로 뛰어 들었다. 60명이 훨씬 넘는 단원들을 규합하여 매주 한 시간 정도 합창 연습을 했다. 그리고 인천시 여성합창대회에 출전하기도 했다. 2007년에는 문학초등학교에서 '문학월드컵어머니합창단'을 창단하였

29　합창은 소리를 몇 갈래로 나눈다. 남녀의 소리의 질에 따라 보통 네 개의 성부로 나눈다. 소프라노와 알토의 여성 소리와 테너와 베이스의 남성 소리이다. 이는 마치 하나의 소리가 덩어리를 이루어 집단으로 이동되는 형태를 취한다.

고, 2014년에는 '선학 여성 Joyful Choir'를 창단하여 두 번에 걸쳐 정기연주회를 가졌다. 소리 예술의 아름다움 때문이다.

'문화예술이 살아야 국민이 행복하다.'는 구호를 내걸고 여성합창에 힘썼다. 앞으로도 그런 마음이어서 가능하면 합창 운동에 미력이나마 봉사하고 싶다. 여성은 가정의 힘이요, 사회의 힘이요, 더 나아가 대한민국의 힘이다. 어머니로서의 여성, 내조자로서의 여성, 나아가 사회인으로서의 여성이 차지하는 몫은 크다. 여성이 행복해야 가정과 사회가 행복하고 건전해 진다는 사실은 아무리 강조해도 지나침이 없다. '유리 천장(Glass Ceiling)'[30]의 한계를 극복해야 할 책임이 여성에게 있다.

어머니를 보고 느낀 것이어서 여성 합창 운동은 나름대로 시사하는 바가 있다. 내 어머니가 그랬던 것처럼 여성이 살면 가정과 사회가 산다. 여성들이 건전하고 행복하면 자녀들과 가정이 행복하다. 여성 합창 운동의 불을 지펴가고 싶은 이유다. 알아주는 이 없다 하더라도 머무는 그곳부터 노래를 통해 행복한 세상을 만들고 싶다. 이렇게 하는 것이 어머니로부터 배운 '어머니 정신'을 오늘에 구현하는 길이라고 생각한다.

'합창을 통한 어머니 같은 또 다른 어머니 만들기!'

생각만 해도 멋지다.

---

30   기업을 포함한 사회 각 분야에서 여성의 고위직 진출을 막는 보이지 않는 장벽.

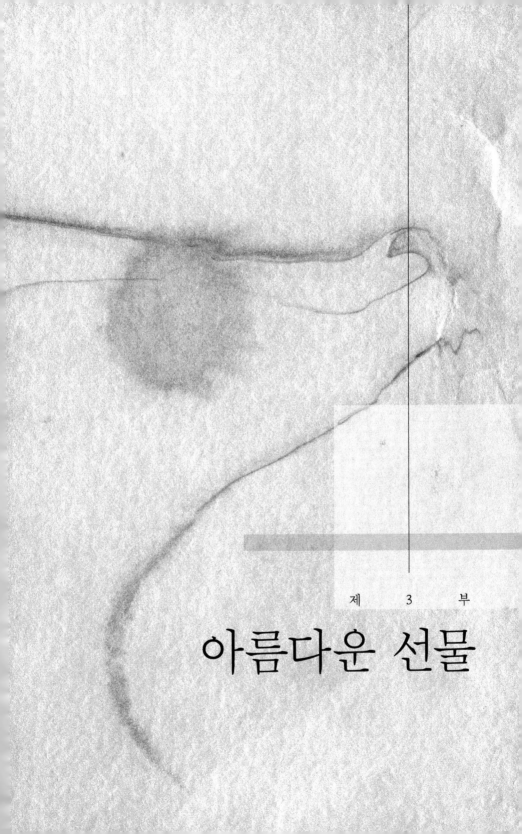

제 3 부

아름다운 선물

네 종류의 사람

 로버트 슐려 목사는 사람을 네 종류로 분류했다.[31] 첫째는 '노노'(No, No) 하는 사람으로 항상 안 된다고 하는 소극적이고 부정적인 사람, 어떠한 일을 한 번도 시작해 본 경험이 없는 사람, 둘째는 '요요'(Yo, Yo) 하는 사람으로 항상 줏대 없이 변덕스럽고 소신이 없는 사람, 셋째는 '블로우블로우'(Blow, Blow) 하는 사람으로 생각도 크고 말도 크게 떠들어대지만 실제로 일을 시작해야 할 때는 움츠러드는 사람, 넷째는 '고고'(Go, Go) 하는 사람으로 생각도 크고 말도 크게 하면서 동시에 소신껏 행동으로 실천하는 사람이다.

우리 어머니는 몇 번째에 해당할까? 두말할 필요가 없이 네 번째 사람이다. 바위에 꽃을 피우는 '긍정'과 '가능성'과 '없는 것을 있게 만드는' 창조 경제인이니까. 우리 칠 남매는 이 사실에 침묵으로 그리고 웅변으로 말한다.

---

31 효 & 하모니 선교회, 《효와 행복》, 2015년 8월호, 126쪽.

변장된 축복

세계적인 한센병 권위자인 미국 폴 브랜드 박사는 미국 남부 루이지애나주의 한센병 환자 재활원 원장이다. 인도에서 20년, 미국에서 30년, 총 50년을 한센병 치료를 위해 헌신한 분이라고 한다. 그가 출장차 미국을 떠나 영국에 도착하여 여러 지방에서 업무를 본 뒤에 기차를 타고 여러 시간을 여행해서 런던에 도착했다. 그날 밤, 그가 호텔에서 옷을 갈아입고 양말 한 짝을 벗는 중에 갑자기 발뒤꿈치에 아무런 감각이 느껴지지 않았다.

한센 병의 권위자이기에 이 일은 그냥 넘길만한 일이 아니었다. 인도에서 수많은 한센병 환자들을 시술하고, 피고름을 만지면서 치료해 본 경험이 많은 그는, 순간적으로 의심이 스쳤다.

기계적으로 일어나서 날카로운 핀을 찾았다. 그리고 복숭아 뼈 아랫부분을 찔러 보았다. 그러나 아무런 감각이 없었다. 그는 핀을 한 번 더 깊이 찔러 봤다. 찔린 부분에서 피가 나오는데도 감각이 없었다. 한센병에 감염된 것이 틀림없었다. 브랜드 박사는 잠을 이루지 못했다.

'이제부터는 나도 한센병 환자구나. 한센병 환자로서의 인생을 어떻게 살아가야 할 것인가?' 두려운 마음이 엄습해 왔다. 그리고 사랑하는 사람들로부터 격리되어서 살아가야 할, 버림받고 외로운 자신의 인생의 말로를 그려 보았다. 가족들을 생각하니 눈물이 앞을 가려서 잠을 이룰 수가 없었다. 고통의 밤이 지나고 날이 밝아 오기 시작했다.

밤은 지나고 아침은 오지만, 브랜드 박사의 마음속에는 더 이상 희망이 없었다. 그는 자포자기自暴自棄한 채 다시 한 번 자기의 발을 찔러 보았다. 그 순간 "악!" 하고 비명을 질렀다. 아팠기 때문이다. 그러자 그의 입에서 이런 기도가 나왔다. "아이고 하나님, 감사합니다. 아파서 감사합니다. 아파도 감사합니다. 아프게 해주셔서 너무 감사합니다. 아픔을 주셔서 감사합니다."

알고 보니 어제 장시간 기차 여행을 하면서 좁은 자리에 오랫동안 앉아 있다 보니, 신경의 한 부분이 눌려서 호텔의 방에 올 때까지 그 마비가 풀리지 않았던 것이다. 그날 이후 브랜드 박사는 완전히 달라졌다. 자신의 몸이 아픈 것이 얼마나 큰 축복인지, 이렇게 아픔을 느낄 수 있는 것이 얼마나 큰 감사인지를 깨달았다.

돌이켜 본다. 가난이 가져다 준 것들이 적지 않다. 살아가면서 인내를 배웠고 희망을 잃지 않았다. 한평생 가난은 나에게 지혜와 성실을 불어넣었다. 감사가 희망의 끈이었다. 하나를 이루고 감사를 하면, 둘로 이어졌다. 가난이 가져다 준 감사는 변장된 축복이었다.

오늘의 어머니와 나 그리고 형제들은 변장된 축복의 선물을 받고 있다.

인동의 꽃, 그 아름다움이여!

'두려움이나 놀라움을 느낄 만큼 성질이나 기세 따위가 몹시 사납다.'

여기서 '사납다'의 의미는 철저하게 인내심이 강하여 어떤 어려움이 있더라도 잘 참고 생각한대로 원숙하게 처리한다는 뜻이다. 어머니는 무서운 분이다. 혹독할 정도로 무섭다. 겉으로 드러나지 않을 뿐이다.

선비 남편 만나 가시밭길의 인생길에서 혹독한 시련을 이겨내는 방법으로 이것을 택했으니, 일곱 남매가 보고 배운 것은 바로 '이것'이다. 무섭도록 자기 관리에 최선을 다하신 모습. 웃어 한 평생을 살 것인가 아니면 울어 한 평생을 살 것인가. 어머니는 웃어 한평생을 선택했다.

겨우내 이겨낸 풀로 인동초忍冬草를 꼽는다. 인동초하면 생각나는 분이 여럿 있다. 나는 이 분들 중에 우리 어머니를 감히 추천하고 싶다. '인동의 꽃'을 피우시기 위해 고군분투孤軍奮鬪하셨던 어머니가 계신 곳은 생생한 삶의 체험 현장이었고 나와 우리 형제들은 이를 지켜

봤다. 인동의 꽃! 처절했으나 아름다웠다. 아름다운 꽃이여!

인동초

엽서(이중섭)

참회록

윤동주

파란 녹이 낀 구리 거울 속에
내 얼굴이 남아 있는 것은
어느 왕조王朝의 유물이기에
이다지도 욕될까

나는 나의 참회懺悔의 글을 한 줄에 줄이자,
만 이십사 년 일 개월을
무슨 기쁨을 바라 살아왔던가

내일이나 모레나 그 어느 즐거운 날에
나는 또 한 줄의 참회록을 써야 한다
그때 그 젊은 나이에
왜 그런 부끄러운 고백을 했던가

밤이면 밤마다 나의 거울을
손바닥으로 발바닥으로 닦아 보자

그러면 어느 운석 밑으로 홀로 걸어가는
슬픈 사람의 뒷모양이
거울 속으로 나타나 온다

'아버지바라기'의 한계

'어머니의 그 부드럽고 따뜻한 성격을 왜 닮지 못했을까?' 언제부턴가 이 사실에 관심을 갖고 반성하면서 노력해오고 있지만, 진작 깨닫지 못한 안타까움이 더 크다. 그래서 객기를 부려본다. (살면서 장난기 섞인 상상에 곧잘 빠질 때가 더러 있다.) 형제자매들을 수학의 집합의 개념으로 생각해보는 건 어떨까. 재미있을 것 같아서다.

칠 남매니까 집합 원소의 수는 일곱이다. 합집합 일곱은 기수基數 '7'로 나타낼 수 있는데, '7'은 다시 '5'와 '2'의 진부분집합으로 나눠진다. 아들 다섯에 딸이 둘이어서다. 그런데 자연수의 크기에 불과한 이 숫자들을 흐트러뜨려서 성격적 특성으로 구분하고 싶다. 아버지와 어머니의 성격에 따라…. 사실 이런 상상은 식구의 일원이라면 한번쯤은 누구나 하게 된다. 누구는 아버지를 닮았다느니, 누구는 어머니를 닮았다느니 하면서 너스레를 떠는 데, 어느 가정에서든지 있을 수 있는 일상이다. 누구를 닮아 키가 작다고 키득거리기도 하고, 유독 발이 큰 자매의 경우 발이 작은 누구를 닮지 않았다고 원망도 한다. 누구를 닮아 발이 예쁘다든지 머리가 좋다든지 등등. 종종 머리 (IQ) 문제에 봉착하면 싸움의 빌미가 되기도 한다. 머리가 좋은 쪽을 닮았다고 하면 좋아 하지만, 그렇지 않으면 달가워하지 않는다.

우리나라는 유교 중심의 가부장적 부권이 기준일 때가 많다. 남자가 중심이 되기 일쑤다. 잘하는 것은 남자가 잘했기 때문이고, 못하는 것 역시 남자가 한 일이니 그냥 넘어가는 게 통례다. 아들을 낳을 때까지 계속 딸을 낳는 가정이 많았다. 아들을 낳지 못하는 여인은 소박과 구박을 감내해야 했다. 남자 중심의 사회였으니….

아버지가 진밥(질게 지은 밥)을 좋아하면, 엄마는 진밥을 짓기 위해 갖은 노력을 다 한다. 물의 양과 불의 세기를 조절한다. 결국 아버지의 취향에 따라 식구들의 취향이 정해진다. 선친께서도 진밥을 좋아했다. 어쩌다가 된밥(물기를 적게 하여 고들고들하게 지은 밥)이 나오면 한마디 딴죽이 따른다. 밥이 되다고…. 나는 머리가 허옇게 된 지금도 된밥보다는 진밥이 좋다. 아버지의 영향 때문이다.

이렇게 아버지는 절대적이었다. 다소 지배의 균형에 따라 어머니가 영향력의 중심에 있긴 해도, 대세는 가부장 구조 하의 남성 중심이었다. 우리 형제들 역시 아버지의 성격에 초점을 맞추며 살아야 했다. 아버지의 생각과 행동에 줄을 서는 일은 아주 자연스러운 현상이었다. 아버지 중심의 우성의 법칙이 지배했다고 할까.

그러다보니 어머니는 뒷전이었다. 크고 작은 생각도, 행동거지 하나하나가 아버지 중심에서 맴돌았다. '아버지바라기'(?)가 되어 아버지 성향으로 굳혀져 갔다. 칠남매 중 어머니 성격을 닮은 형제들은 두 분으로 큰 누님과 셋째 형님이다. 내 판단이 전적으로 옳은 것은 아니지만, 찬찬히 살펴보면 5와 2의 구조가 맞다는 생각이다.

아버지는 지적이고 분별력이 뛰어나다. 의협심이 남다르고 명분에 강하다. 그리고 사리에 정확한 판단 잣대가 있다. 반면 어머니는 정서가 풍부하고 여유가 있으며 사고의 폭이 넓고 유연하다. 유의할 점이 있다. 어떤 성격이 좋고 나쁘다고 말할 수 없다. 개성이고 타고난 천성이니 그렇다. 다만 서로의 성격을 서로 비교해 보는 노력은 필요하다. 상호간의 장점을 살펴 받아들일 부분이 있다면 받아들이는 것이 괜찮은 지혜다. 반면 단점 부분도 돌아보아 고쳐 보려고 노력한다면 더 괜찮은 지혜다.

어머니는 유연한 사고를 바탕으로 경직된 생각의 틀과는 거리가 멀었다. 사교적이고 소통의 힘이 있었다. 언쟁의 필요성을 느끼지 않고 사셨다. 언쟁 자체를 모르신다고 하면 어떨까? 이는 시장에서의 엄마 주변 사람들을 보면 어렵지 않게 알 수 있다. 나이 많은 사람은 언니요 그렇지 않은 사람은 동생이었으니까. 대단한 친화력의 소유자시다. 좋은 사람은 좋아서 좋고 그렇지 않은 사람도 좋게 만든다. 그렇다고 특별한 기술이 있는 것은 아니다. 자연스럽게 그렇게 하고 그렇게 된다. 백수를 바라보는 지금도 여전하시다.

신발 가게를 하셨던 누님의 경우 어머니를 많이 닮은 것 같다. 부드러운 성격 때문에 단골손님들이 많았다. 이들은 누님의 부드러운 카리스마에 끌려 닫힌 지갑을 곧잘 열었다. 돈을 잘 벌고 모아 그럴 듯한 집(주택)을 짓고, 땅도 사서 과수원도 하고…. 셋째 형님 역시 그랬다. 좀처럼 화를 내지 않는데 화를 내는 사람을 보면 머리를 절레절레 혼든다. 이해를 못하겠단다. 타고난 천성이다. 이 분들의 공통된 성격의 결론은 온유함이라고 하면 무리 없을 것 같다.

이외의 형제자매들은 아버지의 성격에 가깝다. 논리적이어서 판단력이 우수하다. 정치적 감각이 예민하고 주장에 민감하며 관철 의지가 강하다. 그렇다면 나는? 아무래도 아버지 쪽인 것 같다. 솔직히 말해서 색깔은 어김없는 아버지다. 명분에 강한 것은 더 유사하다. 명분에서 벗어나면 그 때부터 시시비비의 중심으로 들어선다. 마음을 줄 사람과 그렇지 않은 사람과의 선긋기도 잘하는 편이다. 이런 소굴(?)에서 벗어나려고 무던히 노력하지만 솔직히 말해서 어렵다. 스스로 본능을 뛰어넘을 수 없다고 위로할 때가 있으니… 하지만 불가능한 것은 아니라고 본다. 생각을 조금씩 바꾸니까 새로운 세상이 보였다. 또 다른 내가 기다리고 있었던 거다. 버린다는 것이 바로 이런 것이구나 깨달았다. 앞으로도 버릴 건 그냥 미련 없이 버려야겠다고 생각했다. 어떻든 어머니의 면면을 일찍 파악하지 못한 내가 바보같지만 이제라도 늦지 않았다. '아버지바라기'에서 '어머니바라기'로 바꾸도록 노력하겠다. 노력은 성공의 어머니니까.

"이와 같이 나중 된 자로서 먼저 되고."
— 마태복음 20장 16절 상반절 개역한글

그나마 어려서부터 다닌 교회 생활에서 보고, 배우고, 느끼고, 깨달은 게 많아 스스로 다행이요 복이라고 생각한다. 남은 인생이라도 어머니의 성격을 닮아가려고 분발하겠다.

신년 인사

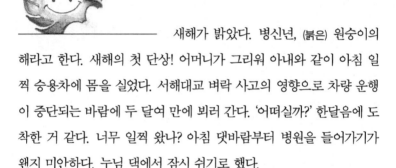

새해가 밝았다. 병신년, (붉은) 원숭이의 해라고 한다. 새해의 첫 단상! 어머니가 그리워 아내와 같이 아침 일찍 승용차에 몸을 실었다. 서해대교 벼락 사고의 영향으로 차량 운행이 중단되는 바람에 두 달여 만에 뵈러 간다. '어떠실까?' 한달음에 도착한 거 같다. 너무 일찍 왔나? 아침 댓바람부터 병원을 들어가기가 왠지 미안하다. 누님 댁에서 잠시 쉬기로 했다.

언제나 정겹고 반갑게 대해 주는 누님, 고맙다. 차 한 잔을 나누며 어머니의 근황을 여쭈었다. 야위고 기력이 조금씩 빠지시는 것 같다고 한다. 여전히 건강하다는 말을 듣는 것만 못하다.

불안한 마음으로 누님과 함께 요양 병원을 찾았다. 5층 승강기 문이 열리고 어머니 방으로 향했다. 앞선 누님 뒤를 쫓아 쫄레쫄레 따라갔다. 오른쪽 방에 보이는 희고 둥근 두상이 내 눈에 확 들어왔다. 순간 포착한 어머니의 잔영이 확인되는 찰나였다.

'어! 여긴데… 왜 저기로 가시지?'

순간 누님이 가던 방향을 이쪽으로 돌렸다. 아들로서 단번에 어머니를 알아본 내가 자랑스럽다. 언제나 그랬듯이 여전히 반가워하신다. 손을 잡고 흔드나 했더니 어느새 옷자락을 문지르신다. 아내에게도 그렇게 한다. 좀 전에 들었던 우울한 생각이 싹 가셨다. 여전히 밝으신 표정이 잠깐의 생각을 쫓아버렸다.

"교장 왔구나. 어미도 오고."

머뭇거릴 틈도 없이 나와 며느리의 이름을 명확하게 맞추신다. 처음 뵙는 바로 옆 침상의 할머니가 일어나더니 어머니를 칭찬하기 시작한다.

"아이구, 이 할머니, 어쩜 성격이 그렇게 좋아. 성격이 밝으시고 진지도 잘 잡수시고. 자식들이 효자효녀구먼. 아들 하나는 아침저녁으로 와서 문안하구."

묻지도 않은 말까지 보태 막냇동생의 근황까지 덧붙여 술술 뱉어내신다. 어머니가 그 할머니를 향해 누구냐고 묻지도 않았는데 교장이라고 말씀하신다. 교장이 된 아들이 몹시 자랑스러우신가 보다. 머리가 허연 나지만 어머니의 칭찬 소리가 싫지는 않다.

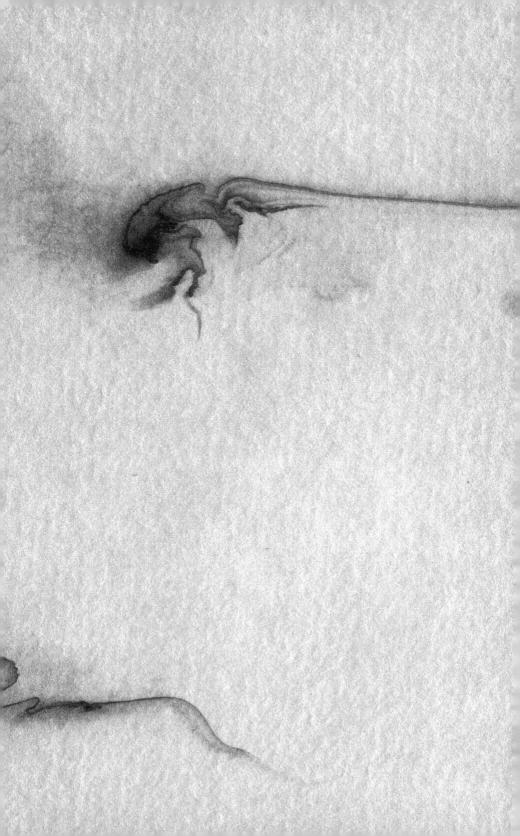

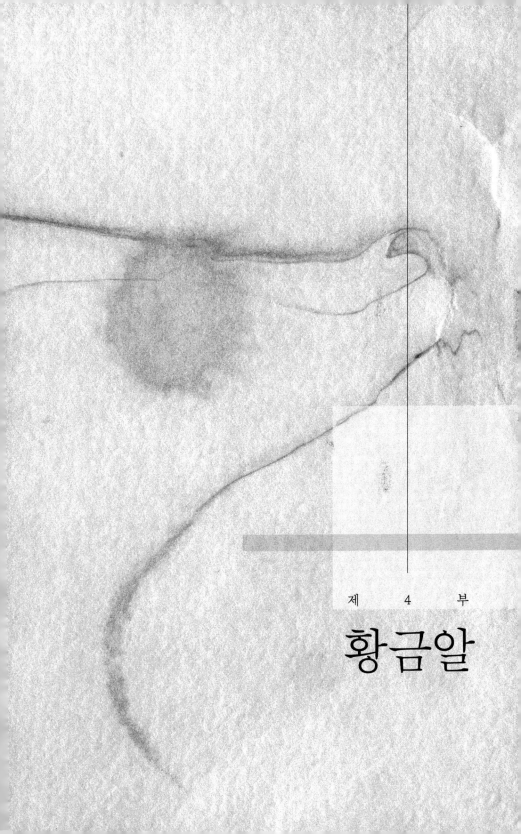

제 4 부

황금알

어머니의 기도

어머니는 산기슭을 찾으셨다

매일매일 산을 찾아
산山 기도(산에서 하는 기도)를 했다

막내아들을 위한 기도

하나님이
어머니의 기도를 들으셨다

공무원 시험 합격!

또 한 분의 어머니

 장모님은 내 집을 늘 살피셨다. 엄밀히 말해 내 집(사위 집)을 살핀 게 아니고, 시집보낸 '딸 집'을 살피셨다. 이 딸의 쌀독에 쌀은 있는지, 냉장고에 먹거리는 있는지, 제대로 먹고 살고는 있는지 살피셨다. 그런데 그 방법이 유별나셨다. 나중에 들은 얘기인데 어린 막내 처제를 파견(?)하여 딸네 집 이곳저곳을 살피게 했다고 한다. 지금 생각해 보니 지능적이셨다.

딸은 출가해도 딸인가. 요즘은 듣기 어려운 말이 되고 말았지만, 내가 어렸을 때만 해도 '출가외인'이라는 말이 있어서 일단 시집간 딸은 시댁의 귀신이 되어야 했다. 그 시절의 장모님이셔서 그 생각에 사로잡히신 줄 알았는데 '아니올시다.'였다. 출가외인으로서 집밖의 딸이 아니라 그 반대였다. 시집보내기 전보다 더 걱정하셨다.

그 덕분에 쌀독은 늘 풍요로웠다. 반찬과 부식을 바리바리 싸고 또 싸서 쌀가마니 안이나 김치 통 안에 넣어 보내셨다. 하나하나 신문지에 돌돌 말아 보냈는데 어찌나 정성껏 싸셨는지 푸는 데도 시간이 걸렸다. 긴 말 해서 무엇하랴. 장모님은 평생의 은인이시다. 내게 어머니만 계신 게 아니고, 또 다른 '또 한 분의 어머니 같은' 분이셨다. '어머니'란 대체 어떤 존재인가. 어머니는 이래야 하나?

장모님은 어머니에게도 손을 내미셨다. 철물점의 안주인이셨던 장모님은 가게 한편의 옅은 밤색 플라스틱 양동이에 검붉은 고추장을 철철 넘치게 담아(실제로 날씨가 따뜻해지면 팽창되어 넘쳤다.) 어머니에게 가져다 드리라고 보내셨다. 가난한 안사돈의 마음까지 읽으시다니⋯. 감격을 넘어 감동이었다.

작은 플라스틱 양념 통이 아닌 '바께쓰'라고 불리는 큰 양동이에 담은 고추장이었다. 일 년이 아니라 십 년도 더 먹을 수 있는 어마어마한 양이었다. '양동이 고추장'을 보는 순간, 나는 그만 입이 떡 벌어지고 말았다. 고향으로 내려가서 이 통을 전해 드렸다. 벌어진 입을 못 다물기는 어머니도 마찬가지였다. '살면서 이런 횡재를⋯.' 장모님에 대한 감사가 어머니의 환한 미소에 가득 담겨 있었다. 태산만 한 고추장! 또 한분 어머니의 정성에서 우러나온 그 배려! 무슨 말로 감사하고 보답하랴!

이런 장모님이 작년에 하늘나라로 가셨다. 어머니보다도 열한 살이나 어리신데 먼저 가셨다. 이 고추장의 은혜에 대한 보답을 받지도 못하고⋯. 입관 예배드릴 때 하염없이 쏟아지는 눈물을 도무지 주체할 수 없었다. 눈물콧물이 소낙비처럼 흘렀다. 내 주변에는 오직 나만 있었나? 막 울고 실컷 울었다.

'장모님! 어머니에게 베푸신 양동이 고추장의 빚, 당신 딸에게 태산 같은 사랑으로 갚으오리다.'

주님의 종

 우리 집의 총무요 대들보였던 셋째 형이 주의 종이 되었다. 2014년 10월 30일에 목사 안수를 받았으니 늦깎이 목회를 시작하신 것이다. 1949년생, 예순 여섯. 늦깎이도 보통 늦깎이가 아니다. 사투와 다름없는 역경을 극복하고 얻어낸 값진 인간 승리요 영적 기적이다.

무엇보다도 과거의 인생살이 고달팠던 그 흔적들을 높이 평가하시어, 형님을 필요로 하는 자들에게 속속 찾아가 눈먼 자의 눈을 뜨게 하고, 눌린 자가 자유를 얻으며, 답답해하는 자와 낙담한 자 그리고 핍박을 받는 자에게 희망의 복음을 전하라는 준엄한 명령에 머리를 숙였으니 이 또한 신의 은총이다.

목사 안수를 받자마자 어머니가 계신 요양 병원으로 달려가셨다. 성의(聖衣, 목사 가운)를 입고 기도해 드리는 모습이 은혜로웠다.

어머니는 아들을 목사로 세운 주의 종의 어머니다.

사촌 형님들

오죽 답답하셨으면 서울 큰댁 사촌 형님들을 찾으셨을까. 피는 물보다 진하다 했던가. 사촌 형님들은 천릿길을 한달음에 달려온 어머니(형님들로서는 작은어머니)를 반갑게 맞으셨다.

낭자머리에 깊게 패인 주름을 좋아할 사람이 어디 있으랴만, 한양댁 형님들은 어머니를 따뜻하게 맞았다. 고등학문을 하는 형님들, 유수한 대학을 나왔고 많이 배운 형님들, 키까지 육척인데다가 외모마저 준수했던 형님들, 유달리 흰 손을 가진 지체 높은 서울 양반들이었지만 낭자머리 앞에 머리를 조아렸다. 깊게 패인 주름 따라 시커먼 골골을 한 저 시골 작은어머니 앞에서 형님들은 거들먹거림 없이 두 손을 정갈하게 모아 허리를 굽혔다.

그리고 어머니의 토로에 귀를 기울였다. 어머니의 고충을 들은 형님들, 들어봐야 뻔한 '돈' 빌려 달라는 이야기다. 말이 그렇지 일단 어머니 수중에 인도되면 다시 받을 수 없음을 모를 리 없다. 진지한 얼굴에서 삶에 대한 애착을 읽어낸 것이다. 그리고 아름다운 열정에 지갑을 열었다. 주섬주섬 얼마간의 돈을 꺼내 거북이 등처럼 딱딱한 어머니 손에 쥐어 드렸다. 어머니의 아픔을 나 몰라라 하지 않고 선한 용기를 냈다.

시골집으로 돌아오신 어머니, 조카들 때문에 한 고비 넘겼다고 하시면서 환한 미소를 그칠 줄 모르셨다. 만약 그 형님들로부터 안 좋은 느낌을 받고 오셨으면 어땠을까. '없이 사는 것도 한스러운 데 너희들마저 괄시해!' 아마 옷섶을 풀어 제치고 흐르는 콧물을 땅바닥에 내던지며 한풀이 했을지도 모른다.(물론 그럴 분은 아니지만.) 이런 형님들을 잊을 수 없다. 그저 미덥고 고맙다. 언젠가 한 번 모시고 식사라도 대접하고 싶었다.

드디어 그날이 왔다. 교장으로 발령받은 지 3년째 되던 해, 내 방으로 형님들을 모셨다. 미국에 가신 분을 제외하고 인천대교를 넘고 공항철도를 타고 영종으로 오셨다. 어머니에게 베풀어준 은혜를 잊지 않고 있으며 감사드린다는 말을 전해 드렸다. 형님들도 따뜻하고 다정다감했던 어머니를 잊지 않고 있었다.

형님들의 미소가 정겨운 하루였다.

철밥통

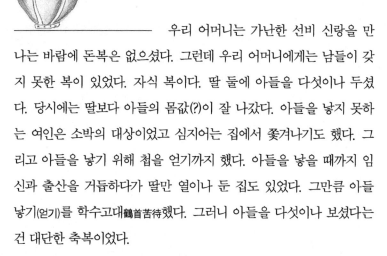

우리 어머니는 가난한 선비 신랑을 만나는 바람에 돈복은 없으셨다. 그런데 우리 어머니에게는 남들이 갖지 못한 복이 있었다. 자식 복이다. 딸 둘에 아들을 다섯이나 두셨다. 당시에는 딸보다 아들의 몸값(?)이 잘 나갔다. 아들을 낳지 못하는 여인은 소박의 대상이었고 심지어는 집에서 쫓겨나기도 했다. 그리고 아들을 낳기 위해 첩을 얻기까지 했다. 아들을 낳을 때까지 임신과 출산을 거듭하다가 딸만 열이나 둔 집도 있었다. 그만큼 아들 낳기(얻기)를 학수고대鶴首苦待했다. 그러니 아들을 다섯이나 보셨다는 건 대단한 축복이었다.

어머니는 아들들이 재산이었다. 키우고 가르치느라 고통은 컸지만 마침내 보람이라는 수확이 기다리고 있었다. 1997년 외환위기를 맞으면서 국제통화기금(IMF)으로부터 구제금융 지원을 받기에 이르자, 온 나라가 경제 불황의 직격탄을 받았다. 큰 기업은 물론이고 작은 기업들도 줄도산으로 이어졌다. 개인 사업체들도 엄청난 타격을 받았다. 그중 대표적인 것이 정리해고整理解雇와 감원 바람이었다.

자연스럽게 취업대란이 시작되고 고용 불안정이 가중되었다. '이태백', '삼팔선', '사오정', '오륙도', '육이오' 등의 다양한 신조어들이 난무했다. '이태백'은 '20대 태반이 백수'란 뜻이고, '삼팔선(38세 즈음 퇴직)', '사오정(45세 정년)', '오륙도(56세까지 일하면 도둑)', '육이오(62세까지 일하면 오적)' 등의 낯선 신조어들이 시중에 회자되었다. 금년 들어서는 '금수저, 흙수저'가 유행하고 '헬조선' 등의 말까지 나왔다. 취업난을 풍자한 패러디들이 SNS[32]를 타고 풍자되었다.

　그러면서 '별 볼일 없는' 공무원 집단들이 '별 볼일이 많은' 직종으로 각광을 받기 시작했다. 해고의 위험이 적고 고용이 안정된 직업으로 상종가를 치기 시작했다. 정년이 보장되는 공무원이 최고라는 인식이 팽배해졌다. 쥐꼬리만 한 봉급의 대명사가 호랑이 몸통으로 변신했다. 공무원은 인기 직업, 상종가上終價 직종으로 자리를 굳혔다. 돈도 없고 배경(背景, Background)도 없어 어쩔 수 없이 선택한 공무원(나와 둘째 형님은 교육공무원, 내 동생은 행정자치부 공무원이다.)의 길이 이렇게 고공 행진을 할 줄 누가 알았으랴. 38년째 공무원 생활을 이어가고 있지만 이렇게 좋은 직장이 될 줄은, 꿈에서 조차 미처 몰랐다. 그러니 어머니의 자식 복은 누가 뭐래도 분명하다. 젊어 고생이 늙어 복이 되었으니 어머니의 뿌린 고생과 열정이 맺은 소중한 결실이다.

　어머니는 이제 '어제 그 시절의 어머니'가 아니다.

32　Social Networking Service(소셜 네트워크 서비스), 사회 관계망을 구축해 주는 온라인 서비스.

황금 알을 낳는 거위

그 무엇! 공무원 아들 셋
그 축복이 기다리고 있다

'철밥통' 아들 셋
황금알을 낳는 거위가 되어
황금알을 낳아드리고 있다
오늘도…

우리 어머니는
'철밥통' 아들들의 황금으로
간병인과 간호사, 그리고 의사선생들의
따뜻한 보호를 받고 계시다

젊어 사서 하신 갖은 고생
늙어 복락을 누리고 계시다

전망 좋은 농장

서해안의 물줄기가 땅 끝까지 비집고 들어왔다. 배만 띄우면 뱃놀이도 할 수 있고, 잘만하면 서해안 넓은 바다로도 나갈 수 있다. 저만큼, 태양광을 설치한 눈부신 정경이 눈에 잡힌다. 황금물결이 출렁이는 앞 논을 지나 저 멀리 백화산의 자태가 한 폭의 그림처럼 성큼 다가온다. 서해안의 청량한 공기가 골바람을 타고 불어 올라오더니, 한여름의 열기로 달아오른 살결에 부딪혀 땀을 훔쳐 간다. 이리 보아도 좋고 저리 보아도 좋다. '전망 좋은 농장'이라고 이름을 붙여 본다.

동생 내외가 지독한 몸부림과 열정을 모아 열심히 살더니, 얼마간의 돈으로 마침내 이 야산을 구입했다. 옹벽처럼 버티고 있는 절벽의 뒷자락과 험상궂게 서 있던 높은 산꼭대기에 불도저가 지나가더니 널빤지처럼 판판한 평지로 탈바꿈되었다.

여기에 수도와 전기를 설치하고 이런 저런 조경수를 심어 놓은 데다가, 운치 있는 정자까지 세우고 나니, 어느새 신선들의 휴식처가 되었다. 큰 작업은 불도저가 했지만, 심고 가꾸고 길 내는 작업은 동생 내외의 손품과 발품이었으리. 따갑기만 한 햇볕을 왕방울만한 땀방울과 바꾸고 손톱, 발톱이 꺾이는 아픔을 극복하고 얻어낸 값진 보람이 전망 좋은 농장 여기저기에 묻어 있다.

어머니는 동생 내외가 이 농장을 구입한 사실이 믿겨지지 않으시나보다. 하늘만큼 땅만큼 좋아 하신다. 이 책 '어머니의 시편'에 소개된 것처럼, 어머니의 병상 일기 73편의 대부분이 동생 내외가 준비한 이 농장에 대한 소회로 가득하다. 무작위로 펼친 일기장을 들여다본다. 2016년 2월 9일에 쓴 일기문도 예외가 아니다. 그대로 옮겨 본다.

"장산다[33] 1,500평 땅 산 것도 하나님의 은혜다."

어머니의 표현에 내 생각을 넣어 다시 정리해 본다.

"장산에 있는 야산, 천오백 평의 땅을 샀다. 너무 기특하고 고맙다. 막내아들 내외가 지독하게 아껴서 모으며 살더니 땅을 샀다. 송곳 꽂을 땅떼기 하나 없이 살아 온 내 신세가 평생 마음에 걸렸는데, 아들이 땅을 샀다니 꿈만 같다. 아들 내외에게 고맙다. 그리고 섭리하신 하나님의 축복과 은혜에 감사를 드린다. 할렐루야!"

어머니가 기뻐하는 이유가 또 있을 것 같다. 아버지의 묘를 이곳에 모셨으니 어머니 역시 이곳에 모셔질 것이다. 사후에 남의 땅에 묻혀 비바람에 쓸려 흔적을 찾을 수 없는 상황에 이른다면 죽어서도 서럽지 않겠는가.

---

33 '장산이라는 동네에다가'의 충청도식 표현.

제수씨의 제언으로 어머니를 모시고 '전망 좋은 농장'에서 바비큐 파티를 했다. 전망의 정기에 바람과 풍광이 섞여 숯불을 마구 태운다. 목사 형님의 설교와 함께 선친의 애창곡 '예수 사랑하심은'을 노래했다. 산바람과 골바람이 여기저기서 모이더니 마침내 바닷가, 저 서해안 끝자락으로 퍼져 나갔다. 덕담들이 오간다. 이처럼 형제간 화기애애한 분위기를 느껴 본 적이 또 있던가. 둘째 형이 술을 끊은 지 3년째 되었다는 말이 이어지자 분위기가 절정에 이른다. 정말인가? 믿어지지 않는다. 그리고 교회까지 나가신단다. 경천동지驚天動地할 일이다. 평생의 기도 제목이 성취되는 순간이다. 하나님 아버지께 감사드린다. 보너스로 얻은 기쁜 소식이 오늘의 기쁨을 배로 더한다. 막냇동생도 단주를 결행한지 몇 해 지났다. 어머니의 '철천지원수' 술 녀석이 꼬리를 내리고 자취를 감추었다. 이보다 큰 복락이 또 있을까. 다음은 사촌 형수께 이 글을 보내고 받은 문자 중 일부다.

"'여섯시 내 고향'을 보는 듯합니다. 고향이 있는 친구들이 얼마나 부러웠던지 결혼한 뒤에는, 애들 데리고 아버님 꼬여서 추석 때마다 고향을 찾는 즐거움이 무척 컸답니다. 작은어버님은 항상 친절하셔서 우리 손 잡아주시며 눈웃음을 쏟아내곤 하셨어요. 큰아주버님은 늘 수줍어하셨고, 셋째 도련님은 싹싹하며 활동적이었고. 그래도 가족이 우리같이 옆으로 쫙악 퍼져있다는 게 든든해요. 좋은 점만 칭찬해 주며, 서로 용기 불어 넣어 주고 남은 사람들끼리 화목하게 자주 볼 기회를 갖도록 해요."

어머니의 시편詩篇

어머니는 요양 병원에 계시면서도 여전히 바쁘시다. 세상사 싫증이 나고 우울증에 싸일 만한데도, 어머니에게 그건 도무지 당치 않는 말씀(?)이다. 부지런함을 뽐내시려나. 존재감을 과시하시려나. 잠시도 가만히 계시질 않는다. 병상에서도 두뇌 활동이 왕성하시다. 여전히 분출하고 있는 활화산 같다. 젊은이를 능가하는 자신감하며, 간병인을 사로잡는 인간성(자신을 더 돌보게 만드는 능력)하며, 게다가 안경 없이도 편지를 읽으시니…. 그렇다. 감히 엄두조차 내질 못하는 일을 어머니가 하고 계셔서 하는 말이다.

더 놀라운 사실이 있다. 세상에나…. 글쎄, 아흔 여덟 연세에 일기를 쓰고 계시다. 평생의 숙제가 아직도 끝나지 않았나? 흔적을 남기려는 근성에 착념着念하고 계신가? 막 육십을 넘긴 주제에 백수를 바라보는 어른의 속내를 판단하는 건 어불성설이지만 일기를 쓰신다는 사실은 경이로움 그 자체다.

일기를 살폈다. 전에 쓰셨던 일기 공책은 보이지 않는다. 벌써 한 권을 쓰셨다. 대신 업무용 수첩이 놓여 있다. 열어보았다. 빽빽하게, 빼곡

하게 적혀 있는데 헤아려보니 모두 76편이다.(이 후로도 계속되어 편수가 많이 늘어났다.) 사이에 낀 사인펜의 끝이 뭉툭하다. 한 편을 적었다.

"2016년 2월 13일. 토요일. 회장님(병원 간병인을 이렇게 부르신다.)께서 김동임 기저귀 채워 주셨다. 감사하다고 인사했다. 회장하고 운동 잘 했음. 회장님 감사합니다. 운동을 시켜주셔서 감사합니다. 회장님께서 글 주시어서 잘 먹겠음."

성웅 이순신 장군의 난중일기처럼 간단간단하다. 보통 왼쪽에서 오른쪽으로 글을 써 내려가는데, 어머니는 위에서 아래로 적으셨다. '가로 적기'가 아닌 '세로 적기' 방법으로 쓰셨는데 옛날 분이심을 간파할 수 있다. 어머니 시절은 세로쓰기였으니까. 세 부분으로 나누어 적으신 것도 특이하다. 이렇게 쓰시는 것이 편하신가보다. 간단명료하여 군더더기나 미사여구가 없다. 짧은 글 중에 '감사하다'가 세 번씩이나 기록되어 있다. 어머니의 마음속에는 감사만 가득하다. 성웅 이순신의 일기는 난중일기다. 어머니의 일기는 '감사일기'다.

어느 날의 일기를 펼쳐도 희망적이다. 76편이 한결같다. 간병인, 김 회장 입장에서는 의당 해야 할 일을 한 것뿐인데도, 감사의 말씀을 잊지 않고 계신다. 어머니는 감사의 제왕이다. 하나님의 신이 늘 동행하고 계심이 느껴진다.

"감사로 제사를 드리는 자가 나를 영화롭게 하나니, 그 행위를 옳게 하는 자에게 내가 하나님의 구원을 보이리라."

— 시편 50편 23절 개역한글

아래 일기 역시 간결문체다. 감사를 담고 있고 어머니의 권위로 자식을 축복하고 있다. 이 글을 소개하는 이유가 있다. 76편의 글 중에서 '1,500평 산을 샀다.'는 내용이 주를 이루기 때문이다.

> "2016년 2월 10일. 개인이 와서 장뎅이(잔등)를 두드려 주시었다. 고마운 개인이다. '감사합니다.'라고 인사했다. 회장님께서 아침밥 주시어서 잘 먹었습니다. 김동입 감사합니다. 인사했습니다. 막내 아들이 땅 샀다. 천오백 평 산이다. 오! 하나님의 은혜다. 복 받아라."

왜 이렇게 적고 계실까? 바늘 꽂을 땅뙈기 하나 없이 살았는데 땅이라니? 바늘을 수천 개 아니 수십억 개를 꽂을 수 있는 땅이 생겼으니…. 막내아들이 이 자부심에 불을 붙여 드렸다. 어머니는 이 기쁨을 적고 계신 것이다. 나에게도 동생이 땅을 구입했다는 사실은 믿기지 않는 일로 부럽기 짝이 없다. 하물며 어머니랴! 어머니의 평생 한을 막냇동생과 제수씨가 풀어드린 것이다. 이보다 더 큰 효가 또 있으랴.

있는 땅마저 팔아치우는 자식들이 얼마나 많던가.

수호천사

────────────────── 돋보기 없이 편지를 읽으신다. 25포인트 크기의 글씨라고 한들 어찌 놀랍지 않으랴. 목소리가 가늘게 떨리신다. 작년보다 더 거칠어진 호흡에 얹어진 글자들이 경미하게 흔들린다. 그래도 한 글자 한 문장을 놓치지 않으신다. 또박또박 읽어 내려가신다. 틀린 부분은 다시 되돌려 읽으신다. 이런 모습은 노익장을 과시하려는 의지가 숨어있기도 하다. 정신력은 여전히 초롱초롱하시다. 삶에 대한 사랑의 끈을 놓치지 않으신다. 아흔 여덟의 여전한 기력! 그 안도감에 마음이 놓이고 감사가 넘친다. 어머니의 낭독에 감탄하는 김 회장(간병인), 간호사, 주변의 할머니들! 갑자기 나를 바라보시더니 불호령을 내리신다. 김 회장이 나한테 잘하니 김 회장에게 절하라고 하신다.

절하라고? 얼마나 잘해 주면 이러실까. 이런 말 하는 어머니, 역시 보통은 넘는다. 당차고, 배짱이 두둑하고, 자신감이 흘러넘친다. 환갑, 진갑 넘긴 이 아들, 명색이 교장인데 간병인에게 절하라고 명령하듯 말씀하신다. 어머니 앞에서 한낱 어린 아이여야 하는 나, 김 회장에게 넙죽 절한다. 또다시 병실에 웃음꽃이 만발한다. (절하란 의미는 성의를 표하라는 간접화법인 동시에 자신에게 더 잘할 수 있게 마음을 표하라는 우회 화법이기도 하다.)

진실된 마음이 얼굴에 쓰여 있는 김 회장은 넉넉한 여유가 있는 분이다. 많이 힘들 텐데 여전히 웃는 모습이 천사 같다. 응당 해야 할 일이라고 겸손해 한다. 참 맘에 와 닿는다. 궂은일에서 보람을 찾고 노인들에게 마치 당신의 부모를 모시듯 한다. 김 회장은 어머니의 살아있는 수호천사다. 그렇다고 하더라도 어머니를 뒤로하고 돌아서려니 발걸음이 가볍지만은 않다.

'김 회장님, 감사합니다. 부디 본인의 건강도 돌보시면서 우리 어머니 잘 부탁드립니다.'

"네 부모를 공경하라. 그리하면 너의 하나님 나 여호와가 네게 준 땅에서 네 생명이 길리라."

- 출애굽기 20장 12절 개역한글

"너는 너의 하나님 여호와의 명한대로 네 부모를 공경하라. 그리하면 너의 하나님 여호와가 네게 준 땅에서 네가 생명이 길고 복을 누리리라."

- 신명기 5장 16절 개역한글

하나님이 이르셨으되 네 부모를 공경하라 하시고 또 아버지나 어머니를 비방하는 자는 반드시 죽임을 당하리라 하셨거늘."

- 마태복음 15장 4절 개역한글

"자녀들아 주 안에서 너희 부모에게 순종하라 이것이 옳으니라."

- 에베소서 6장 1절 개역한글

"자녀들아 모든 일에 부모에게 순종하라 이는 주 안에서 기쁘게 하는 것이니라."

- 골로새서 3장 20절 개역한글

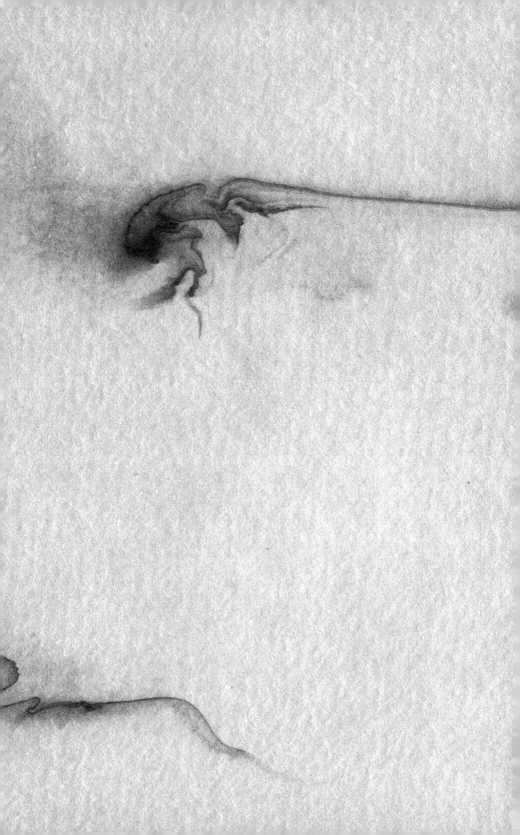

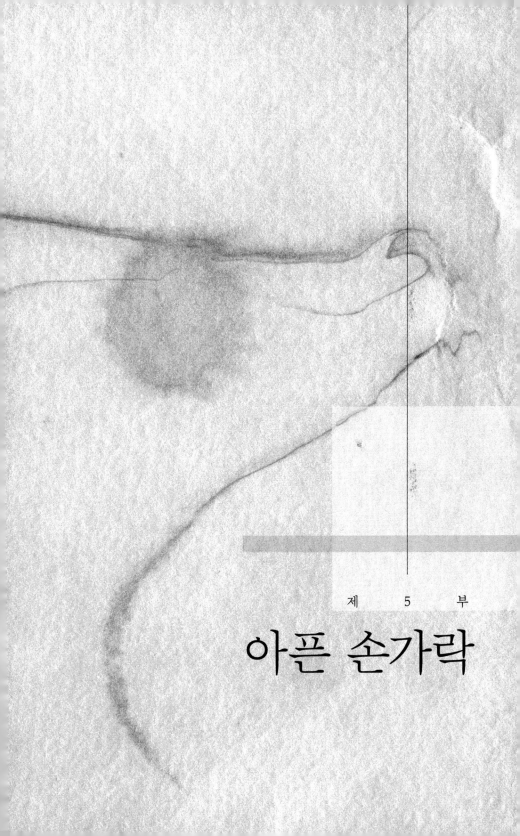

제 5 부

아픈 손가락

비밀

감추고 싶었나? 이생의 비밀을 저승까지 가지고 가고픈 비밀 말이다. 말하고 싶지 않은 어떤 고집스런 못난 자아가 여전히 자리하고 있다. 감정 골짜기 깊은 곳에 자리 잡은 시커먼 자존심, 쉽게 버려지지 않는다. 이런 걸 비겁한 자아라고 해야겠지?

어머니를 생각하면 맏형 생각이 자연스럽다. 어머니 곁에 맏형이 있었고, 이 곁에 어머니가 계셨으니까. 그러니 어머니 얘기에서 맏형 얘기를 빼놓을 수 없다. 맏형은 우리 집안의 장손이다. 장손은 대들보여야 하는데 유감스럽게도 그러질 못했다. 서까래도 되지 못했다. 아니 이조차 사치다. 맏형은 어머니의 아픈 손가락이었던 것이다. 너무나 아픈 고통의 손가락….

나하고 맏형하고는 열한 살 차이가 나기 때문에 형님의 어린 시절의 모습은 모른다. 그저 내 수준에서 보고 들은 거다. 형은 지극히 내성적이었다. 가족 간 의사소통이 잘 안됐고 혼자일 때가 많았다. 스스로도 그랬고 형제들도 어쩔 수 없었다. 시간은 절망의 구렁으로

질질 끌어갔다. 의사소통이 많이 부족하자 아버지는 많이 답답해 하셨다. 급기야 꾸지람을 넘어 가서는 안 될 상황까지 갔다. 귀퉁배기(뺨따귀)를 때리는 등 폭력이 시작되었다. 한 번에 그치지 않고 반복됐다. 이런 모습을 볼 때마다 어린 나는 얼음장처럼 몸과 마음이 굳어져 갔다. 어찌 나 뿐이랴. 특히 어머니의 마음은 천갈래 만갈래로 찢어지셨을 것이다. 억장이 무너지셨으리. 나아질 기세는 보이지 않고 점점 증세가 악화되었다. 맏형은 바라볼 때마다 내 가슴 역시 막무가내로 무너졌다.

외톨이가 된 형은 언제부턴가 무언의 반항아로 돌변하기 시작했다. 배우지 못한 한, 제대로 입지 못하는 설움, 우겨쌈을 당할 수밖에 없는 주변의 환경, 채울 수 없는 고픈 배 등 어느 것 하나도 형의 편이 아니었다. (굳이 하나 더 지적한다면 정신력 문제. 여기서 언급하는 것은 비약이요 무리일 수 있다고 판단된다.) 그러자 형님도 가만히 있지 않았다. 서서히 몽니가 고개를 들기 시작했다. 불만의 화풀이가 기물 파괴로 이어졌다. 익히려고 들여놓은 방구석의 김치통을 발로 걷어찼다. 화풀이 대상이 김치통이었다. 아무리 힘들었어도 이런 일이 없었다. 형은 아버지 목에 방울을 다는 용기(?)를 내기 시작했던 것이다. 코헨(A. K. Cohen 하위문화이론)이 맏형을 두고 한 말인가. 규범과 가치에 대한 반항이 노골적으로 시작되었다. 사실 당시 아버지의 권위는 무소불위였다. 그 앞에서 얼굴을 곧추세워 시시비비를 따진다는 건 상상조차 할 수 없었다. 그러나 형의 불만기가 극에 달하면 물불을 가리지 않기 시작했다. 사면이 불안과 공포였다.

이 와중에서도 역시 어머니는 철저히 맏형 편이었다. 달래고 또 달랬다. 활활 타오르던 몽니의 불길이 어머니의 포용에 사그라들었다.

가래(불만 폭발을 어머니는 가래가 끓는다고 하였다.)라는 낌새를 느끼면 어머
니는 형님을 덥석 껴안고 조용하기만을 기다렸다. 소동 후의 불안한
평화가 이어졌다. 그러나 큰형과 아버지는 어쩔 수 없는 악어와 악어
새였다. 갈 곳 없는 형의 처지가 그랬고 크고 작은 일손이 형을 기다
리고 있었다. '굽은 나무가 선산先山 지킨다.'고 했던가? 집을 떠난 형
제를 대신하여 효심이 있고 착했던 맏형은, 크고 작은 집안일을 머슴
처럼 거들어드리며 아버지와의 운명적인 동거를 지속했다. 아버지 역
시 맏형의 도움은 중력의 법칙처럼 절실했다.

군 제대 후 형님의 병세는 파죽지세破竹之勢로 나빠졌다. 이상하게
변해 돌아온 형님의 증세는 잦아들지 않았다. (정신분열증 환자의 군 입대
라니. 보내지도 또 받지도 말았어야 했다.)

병중에서 가장 몹쓸 병이 무엇인지를 묻는다면 나는 서슴지 않고
'조현병(정신 및 행동 장애, Schizophrenia)'이라고 답할 것이다. 그 이유는
명약관화明若觀火하다. 사람은 생각하는 동물이다. 파스칼은 '생각하
는 갈대'로 인간을 비유했다. 생각은 곧 고등정신능력을 가리킨다. 사
고력, 판단력, 비판력, 문제해결력 등이 그것이다. 사람이 만물 위에
있음은 이것 때문 아닌가.

파스칼의 지적은 지극히 옳다. 생각이 상실된 사람은 인격을 상실
한 거나 다름없다. 어떤 고질병이라고 하더라도 그 환자에게는 '생각'
이 살아있다. 담당의사의 진단서를 살폈다. '인격의 황폐화'가 눈에 확
들어왔다. 인격(人格, Personality)의 황폐화, 곧 생각을 빼앗긴 사람이란
뜻이다. 도둑질 당한 영혼이라고 해야겠지?

병중에서 가장 몹쓸 병이 무엇인지를 묻는다면 나는 서슴지 않고
'조현병'이라고 답할 것이다. 그 이유는 명약관화하다. 사람은 생각하

는 동물이다.

하늘이 무너져도 솟아날 구멍이 있다고 했던가. 형님 곁엔 어머니라는 존재가 있었다. 형님의 결정적 정서를 보듬어줄 어머니가 계셨다. 현대 용어로 말하면 돌봄 전문사師였다. 어머니는 정서 결핍으로 영혼이 황폐화된 형의 아픔을 쓰다듬는 사랑의 '선한 사마리아' 여인이었다.

> "사마리아 사람은 그의 옆을 지나다가 그를 보고는 가엾은 마음이 들어 가까이 가서 상처에 기름과 포도주를 붓고 싸매어 주고는 자기 나귀에 태워 여관으로 데려가서 간호해 주었다. (중략) 돈 두 데나리온을 꺼내어 여관 주인에게 주면서 '사람을 잘 돌보아 주시오. 비용이 더 들면 돌아오는 길에 갚아 드리겠소.' 하며 부탁하고 떠났다."
>
> – 누가복음 10장 33~35절 공동번역

어머니는 맏형의 증세가 있을 때마다 모정으로 감싸 안았다. 선친으로부터 꾸지람을 받을 때, 어머니는 봄날의 햇살처럼 다가가셨다. 암탉이 병아리 품듯 품고 또 품으셨다. 아침도 그러셨고 저녁에도 그러셨다. 어제도 오늘도, 명년에도 금년에도 그러셨다. 초지일관 큰자식 사랑에 풍덩 빠져 사셨다.

인격을 매도당한 영혼의 상처에 기름과 포도주를 붓고 싸매어 주셨다. 형님은 어머니의 부드럽고 따뜻한 말에 잘 따랐다. 나도 형을 도와야 했다. 잘 해드리려고 부단히 노력했다. 교회에서 무릎을 꿇었다. 맏형의 영혼 치유를 간절한 마음으로 기도했다. 아이작 뉴턴은 말했다. '망원경으로 평소 시계가 불가능한 곳을 볼 수 있듯이, 무릎을 꿇고 간절히 기도하면 하나님의 나라를 볼 수 있다.'고 했다. 치료의 나라, 행복한 나라를…. 이건 내게 평생의 기도 제목이 되었다.

우여곡절의 긴 시간이 흘러 부모님과 맏형 그리고 장조카를 가까이서 보듬기 시작했다. 내 집으로 모시기로 한 것이다. 집사람 역시 내 제의에 흔쾌히 따라 주었다. 31평 아파트에서 여덟 명이 복닥거리며 함께 살았다. 맏형을 모셔온 후로 나름 지극정성 따뜻하게 해 드렸다.

다행히도 형은 우리들의 요청을 순순히 따라 주었다. 그리고 아내의 아름다운 수고에 고맙다는 말을 하기도 했다. '이런 말을 하다니…' 아내는 교회 집회에 꼭 모시고 다녔다. 상암 올림픽 주경기장 같은 집회에 갈 때는 끈으로 서로의 손목을 묶었다. 미아 방지책으로 이보다 좋은 방법은 없었다. 그 때문일까? 형님은 조금씩 얼굴이 밝아지기 시작했고 교회도 잘 다녔다. 연로하신 어머니의 빈자리를 집사람이 메워 주었으니 맏형에게도 행복한 시간이지 않았을까.

예배드릴 때는 맏형을 가운데로 모시고 우리 내외가 양 옆자리를 차지했다. 같이 찬송하고 같이 기도했다. 찬송할 때마다 눈물을 흘렸다. 달기똥같이 떨어지는 눈물이 허벅지에 뚝뚝 떨어졌다. 형의 영이 조금씩 밝아지고 있다는 증거다. 은혜를 받고 생각이 살아나고 있다는 반증이 아닐까. 메마른 감정과 마른 풀처럼 시든 영혼에 작은 변화가 나타났다. 그리고 대인관계도 조금씩 회복되기 시작했다. 교회는 형님의 척박한 마음을 위로받는 행복의 공간이었다. 부엌 선반 모퉁이에 붙어있는 성구를 읽으며 아내는 어려움을 참아 냈다.

"우리가 선을 행하되 낙심하지 말지니 포기하지 아니하면 때가 이르매 거두리라."

– 갈라디아서 6장 9절 개역개정

그런데 형님은 언제부턴가 식사를 잘 못했다. 알고 보니 틀니가 문제였다. 고정되어 있어야 할 틀니가 움직였으니 온전한 식사를 할 수 없었다. 아버지의 틀니 때문에 찾았던 서울 신도림의 야매(무면허) 집을 찾아 이齒를 보여 주었다. 접착제(본드)를 구입하여 입천장에 발라서 붙이든지, 새로 제작을 하든지 해야 하는데 틀니를 새로 해서 끼우기에는 입안에 문제가 많다고 했다. 지금 있는 틀니를 잘 구슬려 쓰는 방법 밖에 없다고 했다. 그러다가 형님은 그만 불의의 사고로 천국으로 가셨다. 모신지 9년째 접어든 어느 날에….

그러자 내게 고민이 생기기 시작했다. 형님의 죽음이 저작(詛嚼, 음식물을 입에 넣고 씹음) 도구의 부실 때문이었을지도 모른다는 불안감이 엄습했다. 솔직히 말해서 이 생각만 하면 괴롭다. 만약 이것이 직접적인 문제였다면 나는 형님에게 크나큰 죄를 지은 거다. 그리고 이것이 결정적 사인死因이었다면 이제라도 형님께 용서를 구해야겠다고 생각했다. 외벌이라는 핑계 특히 절제와 절약이 살길이라고 생각하며 살아왔기 때문에 솔직히 말해서 치과에 모시고 갈 생각을 못했다. 만일 저작 문제가 쌓여 극단의 사태를 야기하는 게 원인이었다면 이건 나의 큰 실수이다. 나는 이게 늘 마음에 걸렸다. 그리고 이제라도 이 잘못을 고백하고 용서를 받아야 한다고 생각한다. "형님, 형님을 죽게 한 사람은 바로 저입니다. 제가 잘못했습니다. 못난 저를 용서해 주십시오."

"주여 나를 떠나소서. 나는 죄인이로소이다."

− 누가복음 5장 8절 하반절 개역한글

나를 온전히 주지 못한 이 못난 아우 때문에 맏형이 당했어야 할 고통을 생각하면 참담할 정도로 마음이 아리다. 언젠가 천국에서 뵈면 본의 아니게 아픔을 드려서 죄송했다는 말씀부터 드리겠다. 착한 내 맏형, 피식 웃으며 괜찮다고, 네 맘 안다고 말씀해 줄까? 뇌 전문가인 손매남 박사의 지적은 의미심장하다. 형님을 생각하며 글을 적노라니 눈물이 앞을 가린다. 지금의 깨달음으로 위안을 삼기엔 너무나 안타깝다.

> "영아기 뇌의 폭발적 성장이 자녀의 일평생을 좌우합니다. 이때 충분한 사랑과 관심을 베풀어 주지 못하거나 억압과 폭력 등이 자녀에게 이어지면 파괴적 기분부전장애나 ADHD, 학습장애, 학교 공포증, 불안장애, 품행장애와 우울증, 학교폭력과 집단 따돌림 등이 발병할 수 있습니다. (중략) 오랜 뇌 연구 가운데 뇌 건강에 가장 효과가 좋은 약이 바로 사랑이라는 것을 알았습니다. 사랑을 단순하게만 생각하는데 5A(Affection: 애정, Acceptance: 수용, Attention: 관심, Attachment: 애착, Approval: 칭찬)가 합쳐져야 100점짜리 사랑이 됩니다."[34]

손 박사가 지적한 '애정', '수용', '관심', '애착', '칭찬'의 5A가 오늘따라 크게 보인다.

다시 한 번 맏형의 명복을 빌며 고통 없는 천국에서 영생복락하시기를 기도드린다.

---

34 국민일보, 2016년 2월 17일, 미션라이프.

흔들리지 않는 꽃이 어디 있으랴

도종환

흔들리지 않는 꽃이 어디 있으랴
이 세상 그 어떤 아름다운 꽃들도
다 흔들리면서 줄기를 곧게 세웠나니
흔들리지 않고 가는 사랑이 어디 있으랴
젖지 않고 피는 꽃이 어디 있으랴

이 세상 그 어떤 빛나는 꽃들도
다 젖으며 피었나니
바람과 비에 젖으며
꽃잎 따뜻하게 피웠나니
젖지 않고 가는 삶이 어디 있으랴…

언제 철이 들까

참 가슴 아프다. 정말 철이 없었다. 돌아가시고 나서 후회한들 무엇하랴. 그런 들 돌이킬 수 없지만 이제라도 반성하고 사과의 말씀을 드려야만, 그나마 이 죄책감으로부터 벗어날 수 있을 것 같다. 아버지는 변비가 심했다. 변은 봐야 하는데 나와야 할 변은 나오질 않았다. 한번 화장실에 들어가는 날은 초주검이 되셔야 했다. 변을 빼내려고 온갖 힘을 주었지만 나와야 물건은 요지부동搖之不動이었다.

변과의 투쟁은 목소리에서 확인되었다. 이걸 해결하기 위해 이를 악물었다. 그 험악한 소리가 서재에 앉아 있는 내 귓가를 마구 때렸다. 아파트의 출입문과 창문의 그 작은 틈을 비집고 아랫집과 윗집으로 전해졌다. 소리에 놀란 이웃집 아줌마가 문을 두드리고는 무슨 일이 있는지를 묻기까지 했다. 상황을 이해한 아줌마의 입이 하품하듯 벌어지고 눈은 토끼처럼 커졌다.

항문의 밑살이 떨어질지도 모를 불안감, 죽느냐 사느냐의 생존이 달린 사안이었을지 모른다고 깨달았을 때는 이미 아버지는 이 세상

사람이 아니었다. 솔직히 말해서 난 그때 변비로 고생하시는 아버지에게 데면데면했다. 그럴 수 있다고만 생각했다. 아버지는 자식들에게 어려움을 주지 않으려고 웬만한 일은 말씀하지 않으시고, 스스로 진단하시고 처방하시곤 하셨는데 이 일 역시 그러려니 하고 말았다. 힘들면 또 변비약을 드시려니 했다.

2009년으로 기억된다. 아내가 극심한 우울증으로 심한 병고에 시달리기 시작했다. 그간의 육체적 정신적 고통이 아내에게 후유증으로 나타나는 것 같았다. 고향 동생이 부모님을 모시겠다고 흔쾌히 따라주었다. 시골에 가서도 변비는 계속되었다고 한다. 동생이 어른의 변을 손가락으로 후벼서 끄집어낼 정도로 심각했다는 말을 전해 듣고서야 아차 싶었다. 그 때 내가 그렇게 해 드렸어야 했다는 생각이 골수를 찔렀다. 변비는 무서운 병이 아니라고 생각한 내가 큰 오산이었다. 동네사람들의 귀를 괴롭힐 정도라면 보통 문제가 아니었을 텐데 내가 왜 그걸 깨닫지 못했을까. 무식하다면 용감하다고 했던가. 무관심이 사람 잡는다고 아버지는 나의 무관심의 희생양이라는 생각이 들었다. 이런 바보가 또 있을까. 죽을죄를 지은 것만 같다. 그 아픔의 소리가 지금도 내 귀를 괴롭힌다. 그 실황을 옆에서 바라보았을 어머니의 속내는 어떠셨을까. 생각할수록 속이 아리다. 반백의 허연 머리가 되어서야 철이 들다니…. 부끄럽다. 죄송한 마음을 하늘에 전한다.

똥덩어리를 맨손으로 끄집어 낸 동생의 용기에 고맙다는 말을 전하고 싶다. 진정성 있는 효의 실천가요 행동의 본보기를 보여준 동생과 제수씨에게 다시 한 번 고맙다는 말을 전한다.

맏형의 선물

"아브라함이 가로되 얘 너는 살았을 때에 네 좋은 것을 받았고 나
사로는 고난을 받았으니 이것을 기억하라 이제 저는 여기서 위로
를 받고 너는 고민을 받느니라."

– 누가복음 17장 25절 개역한글

맏형은 우리 식구들에게 씻을 수 없는 아픔을 준 형제다. 형을 바
라볼 때마다 말로 표현할 수 없는 답답함이 몰려왔다. 엎질러진 물
처럼 돌이킬 수도 없었으니 유일한 탈출구는 한숨과 절망뿐이었다.
결국 하나님에게 화살이 옮겨졌다. '왜 우리에게 이런 고통을 주시나
요?' 술벗이셨던 선비 아버지가 처음이라면 시달려 고통당해야 했던
맏형은 그 다음이었다.

그러나 하나님만을 원망할 수 없었다. 어른이 만들어낸 돌봄 미숙의
산물이었고, 사람이 만들어낸 참혹한 가난의 희생양이었으니까. 펴 보
지도 못하고 일찍이 사그라들고 꺾여버린 꿈, 날아보지도 못하고 주저
않은 희망. 끝내 그렇게 사셔야 했다. 그 운명이 야속할 뿐이다.

그러나 한 줄기 빛이 있었다. 죽음의 물속에서 허우적거리는 형에게 구원의 실오라기가 있었다. 바로 어머니였다. 칠흑 같은 어둠에서 방황하고 있는 형에게 어머니는 유일한 희망의 끈이요 한 줄기 빛이었다. 어머니는 평생 형님의 손을 놓지 않으셨다. 아들의 부족함을 정죄하지 않고, 낳은 아픔만큼 큰 팔을 벌려 덥석 안으셨다. 신은 어머니라는 이름의 천사를 보내셨다. 좋은 어머니를 만난 형은 어머니라는 천사의 품에 안길 수 있었다. 이것은 유일한 행복이었다. 평생 따뜻한 어머니의 손길에 잡혀서 작은 날갯짓이 가능했다.

즈문 해가 시작되던 2000년 초, 고향의 부모님과 정신신경쇠약을 겪고 있는 형님 그리고 천신만고 끝에 장가가서 얻은 조카 모두를 내 집으로 모셨다. 집사람의 적극적인 내조가 시작되었다.

에피소드를 하나 소개해 볼까? 맏형은 사회적 경험이 일천하여 소통 능력이 매우 부족했다. 평생 손가락질 대상이었으니 어쩔 수 없었다. 외톨이여야 했다. 아내는 맏형에게 있어 가장 시급한 문제가 '사람들과의 어울림'이라고 생각하고 사회성 훈련에 나름의 노력을 하기로 했다.

그래서 일요일(주일) 교회 출석은 물론이고 다양한 교회 행사에 부지런히 모시고 다녔다. 교인들이 좀 모인다 싶으면 떨어지지 않으려고 형님의 손을 꼭 잡아 드렸다. 여자의 손을 잡아본 적이 거의 없었던 형은 어쩔 수 없이 아내(제수)의 손을 잡아야 했다. 시아주버니의 손을 덥석 잡은 아내의 손은 사랑의 손이었다. 비록 말 수가 없는 형이었지만 제수의 고마움에 무언의 인사를 보냈을 것이다.

구 년 여를 우리와 함께 지낸 형은 하늘나라에 가셨다. 어느 날이었다. 꿈에 나타난 형님이 손을 내밀더니 내 손을 덥석 잡아 일으켜

주었다. 난 그때 꼬이고 꼬인 집 매매 건으로 속이 막 타들어 가고 있을 때였다. 주택 경기가 좋지 않아서 도무지 집이 팔리질 않았으니까. 아니, 아예 집 구경조차 오질 않았다. 그런데 오늘은 집이 팔릴 것 같은 예감이 들었다. 꿈에 나타난 형님이 분명 좋은 소식을 가져다 줄 것만 같았다. 전에도 그랬던 기억이 되살아났던 것이다.

'오늘, 반드시 집이 팔릴 거야.'

그런데 희한한 일이 벌어졌다. 저녁 식탁을 물린 늦은 시간이었다. 오늘따라 부동산으로부터 연신 연락이 왔다. 웬일로? 나는 하나님의 두드림이 시작되었다고 믿었다. 그리고 오늘 반드시 팔릴 것이라는 확신이 들었다. 아이를 데리고 온 첫 번째 사람과 부부로 보이는 두 번째 사람들로부터는 이렇다 할 소식이 없었다. 또다시 벨이 울렸다. 세 번째 사람의 전화였다. 집을 보러 오겠단다. 볼 일 보러 화장실에 들어간 사이에 그 사람들이 들어 와 구석구석을 살폈다. '이 사람이 그 사람일거야. 틀림없어!'

잠시 후 다시 전화벨이 울렸다. 볼일은 뒷전, 귀는 온통 전화 통화에 쏠려 있었다. "도장과 신분증을 가지고 오라네요." 아내의 목소리가 크고 또렷하게 들렸다. 마침내 그날 그 사람과 계약이 성사되었다. 꿈에 오셨던 형의 메시지가 확인되는 순간이었다.

내가 이런 확신을 갖게 된 것은 전에 겪었던 경험 때문이었다. 대학원을 다니지 못한 나는 아들 녀석에게 대학원 진학을 누누이 강조했다. 대학 조교 노릇을 하느라 도통 시간을 낼 수 없는 녀석에게 무거운 짐을 주는 것 같았다. 그래선지 현실도 모르는 비정한 아버지가 뜬구름 잡는 말만 한다고 비아냥거리는 것 같았다. 녀석은 대학원 진학에 도통 관심이 없었다. 그런데 이 날, 새벽에 형님과 조우하는 꿈을 꿨다. 그리고 저녁식사를 마쳤는데 한 통의 문자가 들어왔다.

"아빠, 대학원 합격, 축하해 주세요."

'어! 합격이라니? 언제 대학원 시험을 봤지?'

대학원 합격이라고? 너무 좋았다. 마치 내가 대학원 시험에 합격한 것처럼 기뻤다. 내가 이루지 못한 꿈을 아들이 해냈다고 생각하니 기쁨이 두 배로 컸다. 순간 새벽에 꿈으로 오신 형님 생각이 전광석화처럼 머리를 스쳤다.

'아. 그래서 형님이 오셨었구나.'

그 후 녀석의 대학원 졸업 학력은 공기업 합격의 단초가 되었다. 이런 확신을 갖게 배경은 간단하다. 하나님은 공짜가 없으신 분이다. 심은 대로 거두게 하신다. 부족한 형님을 모시면서 남들의 날카로운 시선과 돌봄의 어려움이 많았지만 형님을 위한 일이라면 어떤 어려움도 이길 수 있었다. 우리 부부의 마음을 어여쁘게 여긴 하나님이 하늘 문을 여시고 천사 형님을 꿈으로 보내 해결의 메시지를 보내셨던 것이다. 천사 형님을 꿈에 뵌 날, 꿈은 현실이 되었다.

세상에 공짜는 없다. 하늘나라에서도 그렇다.

장조카

그렇다. 철천지원수라 할 가난과 함께
했지만 (언급했듯이) 어머니에게는 자식 복이 있었다. 천신만고 끝에 장
가간 맏형. 어찌하다가 그렇게 생긴 아들 하나! 핏덩이 녀석의 똥 덩
어리, 오줌발 다 받아내셨다.

내 아버지와 어머니는 장손의 어미 없는 빈자리를 지극정성 대신
했다. 내 형제들이 가져보지 못한 첫돌 사진은 어머니 없는 빈자리를
채웠다. 내 아버지는 이 사진을 가슴에 품듯 머리맡에 늘 두셨다. 나
는 이 사진을 볼 때마다 녀석에 대한 아버지, 아니 할아버지로서의
안타까운 마음을 읽을 수 있었다. 어미 없이 자라고 있는 손주에 대
한 긍휼을 이 사진에 담고 계셨던 거다.

'할아버지와 할머니가 너를 지키고 있단다.'

할아버지의 장손 사랑이 이 사진에 담겨 있다. 이걸 깨닫는 장손
녀석, 지금은 어디에서 무엇을 하는지 알 수 없다. 기능대학까지 가

르쳐 놓았으니 제 밥벌이는 할 것이다. 돌 사진을 머리맡에 두셨던 할아버지의 그 마음을 알면 복되게 잘 살 것이다. 오늘도 장손 녀석을 위해 기도할 뿐이다.

"욥이여 귀를 기울여 내게 들으라. 잠잠하라. 내가 말하리라."

— 욥기 33장 31절 개역한글

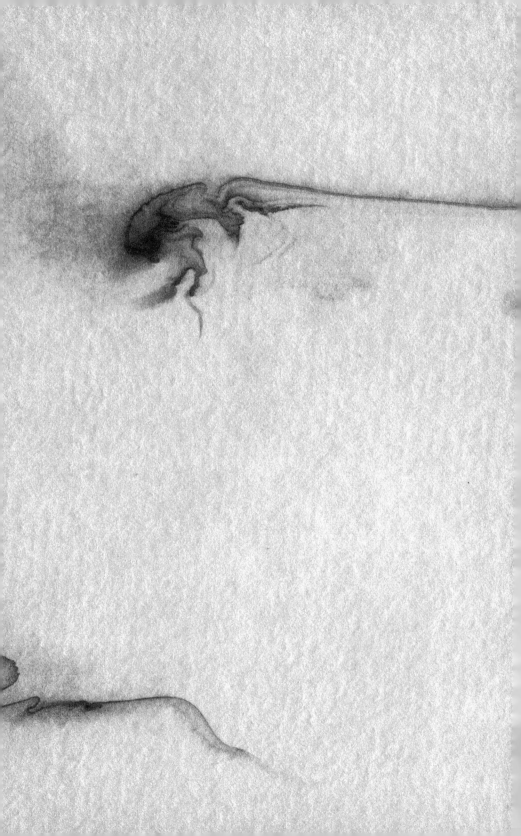

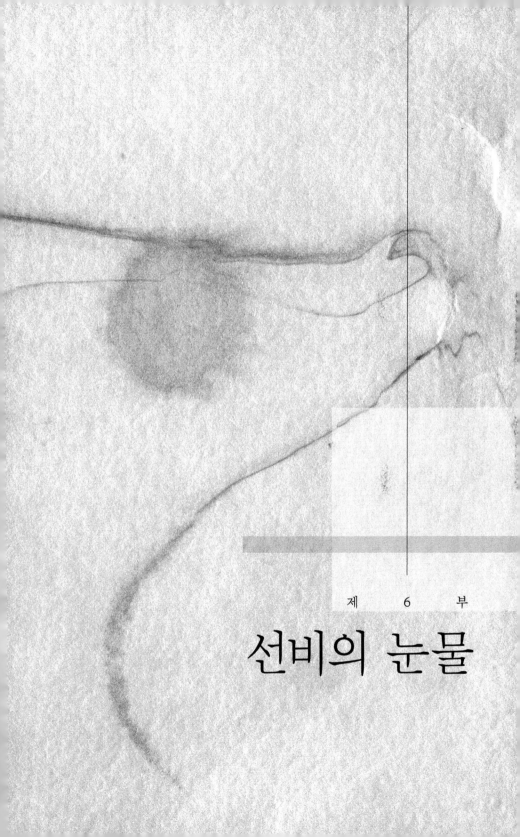

제 6 부

선비의 눈물

영혼의 쉼터

스물 살에 시집오신 어머니는 교회에서 결혼식을 올렸다. 시퍼런 일본의 강점기에 이미 교회가 서해안 바닥 구석까지 들어와 있었다는 사실이 놀랍다. 그리고 이 교회에서 어머니가 기독교 신앙을 가진 신랑을 만나 결혼식을 올렸다는 것도 그렇다. 우리 할아버지는 아버지가 교회 다니는 것을 극구 반대했다. 성경책과 찬송가를 아궁이에 태웠다. 감언이설甘言利說의 허무맹랑한 교리를 일삼는 사이비 종교를 믿는 아들을 야소교(耶蘇敎, 기독교의 처음 이름)의 교인이 되게 할 수는 없었다고 생각하셨다. 오직 유교사상만이 절대 가치였던 때가 아니던가.

그러나 아버지는 그리스도의 사랑 이론에 심취되셨다. 온전한 사랑의 의미를 아셨고 예수에게서 그 진정성을 발견했다. 아버지는 예수의 희생적인 사랑에 방점을 찍고 기독교를 유일한 종교로 인식했다. 어머니는 아버지 때문에 덩달아 교인이 되었다. 친구 따라 강남 간다는 속담이 있듯이 어머니는 아버지 따라 기독교인이 되었다. 믿음 있는 엄마의 뱃속에서부터 자란 이들을 일컬어 모태母胎 신앙인이라고 한다. 그런데 나와 내 형제의 경우는 잉태 전부터, 태어나기도 전에 예정된, '예정 신앙인'이 되고 말았다. 예정豫定 신앙이라고? 아뿔사! 태어나지도 않았는데 이미 교인이 된다? 나는 이런 점에서 자부심이 크다.

"너를 지으며 너를 모태에서 조성하고."

- 이사야 44장 2절 개역한글

에피소드를 소개한다. 어린이 예배 시간에 있었던 일이다. 그 때는 목요일 저녁에 어린이 예배가 있었다. 이 날을 손꼽아 기다렸다. 그러나 막상 예배를 드리고 나면 후회막급이었다. 졸음 때문이었다. 설교 시간만 되면 어김없이 졸음이 쏟아졌다. 천근만근 눈꺼풀을 들어 올리는 일, 고역이었다. 아니 고문이었다. 잠을 깬다는 것은 죽기보다 싫었다. 깜짝 놀라 다시 깨고, 다시 졸고….

'지구에 어떤 변고'가 없음을 확인하고는 또다시 졸고…. 십자가의 보혈이고 뭐고 간에 설교가 빨리 끝나 한 달음에 집으로 달려가 실컷 잠만 자고 싶었다. 그런데도 목요일 예배시간이 기다려졌다. 아버지나 어머니는 내가 교회 다니는 것을 좋아했다. 착한 걸 가르치고 예수의 사랑을 공부할 수 있는 기회라고 생각하셨다. 그렇게 예수가 좋았나? 여름성경학교 때면 내 몸통만한 북을 메고 쿵쿵 치며 읍내를 한 바퀴 돌았다. 북소리가 아이들의 강력한 지남철이었나. 연 꼬리처럼 무리를 이룬 아이들이 길게 늘어져 엮인 아이들로 예배당은 꽉 메워졌다. 이때의 감격을 평생 잊을 수 없다.

어머니는 예정 신앙인으로서의 교회라는 최고의 선물을 내게 주셨다.

인생보감人生寶鑑

어머니는 1938년에 교회에서 아버지와 결혼했다. 앞서 지적한 것처럼 일제 강점기에 교회에서 결혼식을 올렸다는 사실이 좀처럼 믿기지 않는다. 그러나 그때 구세군교회로부터 받은 결혼 기념 액자(사무엘이 기도하는 모습)가 있으니 믿을 수밖에 없다.

할아버지께서는 한학을 배우신 유교의 선비로서 한학과 글에 능통하셨다. 경제 감각도 뛰어나셔서 부자로 사셨다. 커다란 술통이 여럿 있었는데 선친은 어렸을 때부터, '따랑기'(훌쩍 뛰어서 매달리는 모습을 나타내는 사투리.)를 뛰어 술통에 매달리는 개구쟁이였다. 술의 향기와 유혹을 주체 못하고 술통에 오르셨다. 혀를 감아내는 술 향기는 유혹의 손짓이었다. 훌쩍 마신 술이 원한의 술이 될 줄이야.

술통의 크기와 부富는 비례했다. 큰 술통이 있었다는 것은 잘 살았다는 걸 반증한다. 당시 선친은 할아버지로부터 자전거를 선물로 받았다고 한다. 고향은 물론 전국적으로도 몇 안 되는 것이었다. 교회는 못 다니게 한 할아버지였지만 자식 사랑만큼은 끔찍하셨던 것 같다. 아버지는 젊어 고생을 못하시고 이런 할아버지를 만나 호강했다. 고생이 좋은 것은 아니지만 젊어 고생은 사서 한다는 말, 가슴에 와 닿는다. 아버지가 젊어 고생했다면 어머니와 우리들이 그렇게까지는 고생을 안했을 것이다.

일찍 세상을 뜨신 우리 친할머니는 시어머니 노릇을 톡톡히 하셨다고 한다. 모질고 호된 시집살이의 주범(?)이셨다. 어머니는 결국 현명한 길을 택했다. "아들이 귀하면 며느리도 귀한 법!" 시집살이의 고됨을 역설적으로 되짚으신 어머니는 이를 반면교사反面教師로 삼으시고, 정말 좋은 시어머니가 되시겠다고 다짐했다.

어머니는 자기와의 약속을 빈틈없이 실천했다. 고부간의 갈등이 전혀 없으신 어머니, 아들만큼 며느리 사랑도 지극했다. 아니 며느리들을 아들보다 더 사랑했다. 백수의 장수를 누리는 비결은 다른 데 있지 않다. 며느리 사랑이 비결 중의 하나다. 손양원 목사를 일컬어 사랑의 원자탄이라고 한다. 어머니는 '며느리 사랑의 원자탄'이다. 지어미로서는 어떠셨을까? 결론적으로 말하면 아버님께 순종적이셨다. 그 이유는 명백하다. 가난의 고통 속에서도 어머니는 삼색三色 논리를 펴셨다.

"꿀 좋고, 정자 좋고, 잔디 좋고, 삼색을 모두 갖출 수 있겠나? 이왕지사 만났으니 한번 맺은 인연을 소중히 알고 100세까지 해로하고 살아야지."

미운 놈 떡 하나 주듯이 어머니는 지아비를 채움과 포용으로 섬겼다. 삼색이 갖춰지면 좋으련만 그렇지 못한 남편과 맺은 인연을 보석처럼 귀중하게 여기셨다. 현숙한 여인의 정절, 명심보감 어딘가에선가 볼 수 있는 대목이 아닐까. 어머니의 삼색론은 또 하나의 '인생보감人生寶鑑'이었다.

무던한 인내와 극진한 섬김, 그리고 지아비의 허물을 덮는 관용, 이것이야말로 영원히 존속되어야 할, 지고지선至高至善의 가치가 아닐까. 누가 이혼을 성격 차이에서 비롯된 어쩔 수 없는 선택이라고 했던가. 같잖은 일로 가정을 깨어 일순간에 가정과 부모를 잃는 아이들, 오늘의 일그러진 이혼 가정의 모습을 어떻게 해석해야 할까. 어머니는 그 존재만으로도 오늘의 세태를 준엄하게 꾸짖고 계시다.

> "아내들이여 자기 남편에게 복종하기를 주께 하듯 하라. 이는 남편이 아내의 머리됨이 그리스도께서 교회의 머리됨과 같음이니 그가 바로 몸의 구주시니라. 그러므로 교회가 그리스도에게 하듯 아내들도 범사에 자기 남편에게 복종할지니라."
>
> – 에베소서 5장 22~24절 개역한글

결혼 후 60년이 지난 1999년. 자식들은 생사고락을 함께 하시고, 건강한 결혼을 유지해 오신 그 60년을 기념하는 '회혼례回婚禮'를 올려 드렸다. 이런 어머니를 둔 내 아버지, 감격의 눈물을 흘리시며 어머니를 꼭 껴안으셨다. 어머니 역시 눈물을 훔쳤다. 자식들은 장한 어머니를 바라보며 또 눈물을 흘렸다.

어느새 회혼례는 감격과 감동의 눈물 잔치가 되고 말았다.

아버지의 눈물

"마리아가 예수 계신 곳에 와서 보이고 그 발 앞에 엎드리어 가로
되 '주께서 여기 계셨다면 내 오라비가 죽지 아니하였겠나이다.' 하
더라 예수께서 그의 우는 것과 또 함께 온 유대인들의 우는 것을
보시고 심령에 통분히 여기시고 민망히 여기사."

　　　　　　　　　　　　　　　－ 요한복음 11장 32~33절 개역한글

"예수께서 예루살렘 가까이에 오셔서, 그 도성을 보시고 우시었다.
그리고 이렇게 말씀했다. 오늘 너도 평화에 이르게 하는 일을 알았
더라면, 좋을 터인데! 그러나 지금 너는 그 일을 보지 못하는구나."

　　　　　　　　　　　　　　　－ 누가복음 19장 41~42절 새번역

　어머니는 울보 아버지를 남편으로 두셨다. 부잣집에서 태어나 가
난과 고생을 모르고 사셨던 선친은 유독 정이 많으셨다. 돈을 벌어
서 일곱 남매의 민생고를 책임져야 할 분이 정에만 매몰되다시피 했
다. 정은 눈물로 표현되었다. 신문을 보시다가, 텔레비전 보시다가 우
셨다, 가슴 찡한 분위기가 연출되는 곳엔 어김없이 아버지의 눈물이

있었다. 어머니는 무슨 남자가 그리 눈물에 헤프냐고 너스레를 떠셨지만 어머니는 이 눈물의 의미를 아셨다. 또 아버지는 내 집일은 젖혀두고 남의 일에는 발 벗고 사셨다. 지금의 법무사 같은 것이 당시에도 있었다. 행정서사 또는 사법서사라 불렸다. 등기, 공탁, 출생, 혼인, 사망 등 일종의 고충 처리를 대신해서 작성해 주는 역할이었다. '서사'로 가면 대서료를 주어야 했지만 아버지에게 오는 사람들은 담배 한 두 갑이면 충분했다. 민원인(?)들은 부담 없는 아버지를 찾았던 것이다. 그때 받은 담배 몇 갑은 식량이었다. 어머니는 이 담배를 팔아 쌀과 바꾸었다.

어머니는 아버지의 착한 성품을 눈물에서 읽어내셨고, 지아비의 인간 됨됨이에 높은 점수를 주셨다. 그 어떤 것으로도 바꾸거나 살 수 없는, 소중한 인생 자산으로서의 착한 심성을 높이 사셨다. 다음 글은 김윤덕의 글인데 섬뜩할 정도로 내 아버지를 두고 쓴 글 같아 인용해 본다.

아버지의 눈물[35]

다정한 아빠를 둔 친구가 늘 부러웠다. 김현승 시처럼 '어린 것들을 위하여 난로에 불을 피우고 그네에 작은 못을 박는' 아버지를 갖고 싶었다. 현실의 선친은 체면을 목숨만큼 중히 여기는 가부장의 전형이었다. '집보다는 집 밖을', '가족과 함께'보다는 '남들과 함께' 여행하길 좋아했다. 내일 먹을 양식 걱정하는 아내 앞에서 나라와 민족의 안위를 논하던 '철없는' 애국자였다.

— 김윤덕 논설위원

---

35   조선일보, 2015년 7월 22일자 A30면, '[만물상] 아버지의 눈물'에서.

긴 말이 필요 없다. 이 글은 내 아버지에 대한 글이다. 내 어머니는 이런 선비 한량을 베풂과 포용으로 단단히 끌어안으셨다.

비바(Viva) 김동임!

엽서(이중섭)

한 지붕 아래 다른 세상

어머니는 철저한 가정주부로서, 어머니로서, 지어미로서의 역할에 오매불망 전력투구했다. 오직 식구들의 먹고, 입고, 사는 문제에 매달려야 했다. 어머니로서는 이렇게 하지 않으면 안 되었다. 왜 그래야만 했을까?

한학에 조예가 깊으셨던 아버지는 일러 '공자 왈 맹자 왈'에 남다른 관심이 있었다. 고전에 얽힌 배경과 출전을 어찌 그리 잘 아는지 듣는 이들이 그 박식함에 혀를 내둘렀다. 게다가 이런 저런 책에서 얻은 지식을 마치 자랑이라도 하듯 그럴 듯하게 말씀을 엮었다. 특히 정치적인 안목이 뛰어났다. 신문의 사설처럼 명분 있는 정론을 펼쳤다. 지인들과 어울리실 때는 막힘없이 학문의 깊이를 뽐내기도 했다. 한마디로 선친은 영민(Intelligent)했다.

젊은 한때, 동아일보 태안 지국장으로서 언론에 눈을 떴다. 위당爲堂 정인보(鄭寅普, 1893~1950)[36]선생이 고향을 찾았을 때, 고향의 문화인

---

36 한국학의 독보적 큰 별. 엄밀한 사료적 추적에 의한 사실 인식과 그에 대한 민족사적 의미의 부각에 주력함.

을 대표하여 수행해 드릴 정도로 고향 분들의 존경을 받았다. 당시 고향(백화산)의 태을암太乙庵에 있는 마애삼존불은 현재 국보 307호로 지정되어 있는데, 이렇게 된 데는 선친과 무관하지 않다.

생전에 지방 향사에 관심이 많았던 선친은 당시 정인보 선생에게 마애삼존불의 역사 문화적 가치를 문의했다. 정인보 선생은 국조 단군과 연관이 있을 거라는 말을 하면서, 삼존불 위에 구멍 곧 혈穴이 있을 것이라는 암시를 주었다.

이 혈은 단군 신화와 깊은 연관이 있는 것으로 신과 사람, 곧 하늘과 땅을 잇는 가교 역할을 하는 단군 사상의 영향 때문이란다. 확인 결과 실제로 구멍이 발견되었다. 제언하건대 문화재를 관리하는 분들이 이 사실을 소중하게 간직하고, 후세 사람들에게 올바르게 알려야 할 책임이 있다.

선친은 지방신문에 '향사와 전설과'라는 제목으로 몇 년간에 걸쳐 고향의 역사를 글로 발표했다. 2000년 1월에 고향을 떠나는 출향의 섭섭함과 아쉬움을 달래드리기 위해, 이 내용을 단행본으로 엮어 봉정해 드렸다. 군수를 비롯한 유지, 친지, 동창 등 여러분이 모여 출향 기념 출판 기념회를 갖고 봉정해 드렸다. 이 책에서도 위당 선생과 태안 마애삼존불에 얽힌 이야기를 밝혔다.

이처럼 어머니와 선친은 너무도 다른 세상을 사셨다. 생활인으로서의 어머니와 학자적 면모로서의 아버지가 그렇다. 어머니가 전전긍긍하시면서 (요즘 흔히 쓰는) 기초생활수급자 같은 바닥 생활을 했다면, 선친은 학자와 같은 면모로 선비 같은 생활을 했다. 어머니가 가계와 식구들의 먹는 문제를 해결하기 위해 동분서주했다면, 선친은 사는 데 전혀 도움이 안 되는 선비의 길을 걸었다. 말해서 무엇하랴만 학문에 높은 뜻을 두고 공부했더라면 어머니도, 우리 칠남매도 번듯한 생활을 할 수 있지 않았을까? 그리고 국가와 민족에 크고 귀하게 쓰임 받는 지도자 대열에 계시지 않았을까. 때 지난 후회들 무슨 소용이 있으랴만 아쉬움의 똬리는 기억 속에 여전히 가득하다. 이유야 어떻든지 간에 어머니는 이러한 선친의 면모를 인정했다. 다만 생활고 해결은 전적으로 어머니 몫이었다.

"너희들 키우고 가르치느라고 참말로 고생 많이 했지…."

더 이상 말을 잊지 못하신 어머니, 초점 없는 시선으로 천장을 바라보신다. 회한의 나락으로 빠져 드시나?

어느 새 눈물이 고였다. 베개를 적셨다.

가가와 도요히꼬

친구 따라 강남 간다는 속담이 있다. 줏대 없는 사람을 두고 이르는 말이기도 하지만, 믿을 만한 친구라면 어디든지 따라 나선다는 말이기도 하다. 선친의 경우 후자의 색채가 강했다. 그러나 전자의 경우 또한 무관치 않다고 생각한다.

선친은 가가와 도요히꼬(河川豊彦, 1888~1960)[37]를 따라 이상異常[38]의 세계를 젊음과 바꾸었다. 가가와의 사상에 심취된 선친은 박애주의자의 길을 엿보며 흠모의 정을 품었다. 아마 풍요한 물질(돈)이 있었다면 자선사업가의 길을 걸으셨을지도 모른다. 선친이 실토가 아니더라도 우리는 그 속내를 그렇게 받아들일 수밖에 없다.

그러니 어머니 입장에서는 두 말할 필요 없이 후한 점수를 줄 수 없는 지아비였다. 칠남매 자식 육아와 교육의 책임을 져야할 막중한

---

37 Kagawa Toyohiko(かがわとよひこ), 賀川豊彦(1888~1960), 일본의 노동운동과 민권운동의 지도자. 기독교 사회운동가이자 작가, 청년시절 영어를 배우기 위해 성경반에 들어간 것이 계기가 되어 그리스도교도가 되었으며, 그 뒤 일본과 미국에서 신학을 공부했다. 노동운동 및 사회복지사업에 뛰어들었고 고베의 빈민가에 들어가 살았다. (Daum 백과에서 일부 인용.)

38 정상적인 것과 다름.

위치의 가장이, 무릉도원에서나 있을 법한 사상누각砂上樓閣[39]에 빠진 남편과 산다는 것은 용납할 수 없는 노릇이었다. 그러나 어머니는 다른 생각을 하지 않았다. 이혼이나 가출 등 극단적인 방법은 꿈에도 생각지 않았다. 선친 곁을 지키고 또 지키셨다. 왜 그러셨을까? 그래도 어머니는 선친과의 만남을 운명과의 만남이라고 믿었다. 그리고 그 만남을 끝까지 지켰다. 보고 싶어도 보아야 하고, 보기 싫어도 보아야 하는 실존의 실체였던 것이다.

선친이 어머니 때문에 삶을 이어갈 수 있는 존재였다면, 어머니 역시 그런 아버지의 부족한 부분을 채워주는 조력자로서의 존재감에 무게 중심을 두었다고 보아야 한다. 선친과 어머니는 상호 공생의 지렛대로서, 인격을 바탕으로 한 사랑의 운명체요 배려의 숙명자 위치에서 서로를 인정했다고 할 수 있다. 물론 선친은 어머니에 대한 감사를 평생 달고 살아야 했고, 이것을 알아주는 지아비의 마음 하나로 위로를 받으며 지어미로서의 갈 길을 옹골차게 달리셨다. 돈을 벌고 싶지 않은 사람이 어디 있으며, 잘 먹고 살고 싶지 않은 사람이 어디 있을까. 안 벌어지는 돈을 탓해 무엇하랴. 어머니의 한 차원 진화된 현명한 판단이다.

어떻든 어머니 백수白壽의 비결을 알려면 선친에 대해서 알아야 하고, 선친에 대해 알려면, 가가와에 대한 인물 탐구가 선행되어야 한다.

선친은 가가와 도요히코 선생의 사상 추종자였다. 요즘 말로 하면 열렬한 팬이셨다. 당시 조선을 찾은 가가와는 일본인이면서도 일본의 조선 침탈을 강하게 반대했던 몇 안되는 일본 식자층의 한 사람이었

---

39 기초가 튼튼하지 못하여 오래가지 못할 일이나 사물을 비유적으로 이르는 말.

다. 그는 조선에 들어와서도 일제의 만행을 규탄하고 속히 조선으로부터 철수할 것을 공언했다. 자유와 평화를 소중한 가치로 여겼던 선친은 가가와 이런 점에 강한 매력을 느꼈다. 선친은 바로 이 점에서 가가와에게 후한 점수를 주었다. 그는 침략은 하나님의 뜻이 아니며 반드시 공의의 하나님이 심판 하실 것을 예언했다. (실제로 일본은 1945년 8월 6일과 9일 히로시마와 나가사키에 원폭투하를 당하고 항복했다.) 당장 조선으로부터 철수하라는 직언과 주장을 서슴지 않았다.

또 하나, 의미심장한 말씀을 했다. 그것은 가가와와 같은 반정부 인사를 일본 정부가 탄압하지 않고, 조선을 방문하도록 하는 조치를 취했다는 사실이다. 비록 우리나라를 침략한 일본의 행태에 대해서는 피를 토하는 심정으로 비판했지만, 가가와와 같은 정적을 포용하는 일본 정치인들의 역량만은 높이 평가했다. 그러면서 후계자를 제대로 세우지 못하는 한국 정치계의 일그러진 모습에 일침을 가했다. 이때 또 아주 이상하리만큼 충격적인 말을 듣기도 했는데, 그것은 일본에는 공산당이라고 하는 정당이 법적으로 보장되어 활동한다고 했다.

'아니, 공산당이 존재한다고?'

반공주의 교육에 흠뻑 물든 나로서는 실로 감당하기 어려운 충격이었다. 선친은 북한 공산당과는 차원이 다른 정당으로서의 공산당에 무게를 두었다. 이 말이 아니었다면 나는 깊은 갈등과 혼선의 청년기를 보냈을지도 모른다. 어떻든 선친은 그의 저서 『사선을 넘어서』에 매료되셨고 이 분의 제자가 되기로 결심한다. 그리고 실제로 이 분이 조선을 방문했을 때 직접 만나게 된다. 그러면서 그때 가가와가 애송하던 성경 구절을 소개했다.

"사랑하는 자들아 우리가 서로 사랑하자. 사랑은 하나님께 속한 것이니 사랑하는 자마다 하나님께로 나서 하나님을 알고 사랑하지 아니하는 자는 하나님을 알지 못하나니 이는 하나님은 사랑이심이라."

- 요한 1서 4장 7~8절 개역한글

선친은 가가와의 이 친필 성구를 소지하고 계셨는데, 이것을 분실한 데 대해 너무도 안타까워했다. 한잔 술에 취하시면 이 구절을 일본어로 술술 외우셨다. 유독 술을 좋아하셨던 선친, 한잔 술에 또 취하면 또다시 가가와에 대한 회상에 빠졌다. 그리고는 '하나님은 사랑'이시라는 성구를 반복하여 암송했다. 물론 일본어로도 술술 읊었다. 첩의 아들 신분이었던 가가와는 깊은 죽음의 나락에서 예수의 영이 임하는 뜨거운 성령 체험을 하고, 온전한 예수의 제자, 예수주의자가 된다.

그의 저서 『사선을 넘어서』에 그 체험담이 리얼하게 담겨 있다. 여기 그 체험의 실증을 소개해 본다.

"의사로부터 죽음의 선고를 받은 에이이치[40]는 죽음을 초월하는 신비의 세계로 돌입한다. 형언할 수 없는 실재의 불가사의한 경이에 빠져든다. 응시하는 빛의 한 점이 무지개처럼 보이고, 누워 있는 방이 낙원처럼 느껴지면서 그가 덮고 있는 결코 아름답지 않은 이불이 마치 금실로 수놓은 아름다운 비단으로 만든 이불처럼 보이는 체험을 하게 된다. 그리고는 하나님에게 안겨 있다는 실감의 희열을 느낀다. 하나님의 영 '성령'의 임재를 느끼자마자 순간 열이 금방 내리고 혈맥이 완전히 정상으로 되돌아갔음을 알고 놀란다."[41]

---

40   소설에서의 가가와 이름.
41   가가와 도요히꼬, 死線을 넘어서, 서울:청한문화사, 1989, 237쪽 부분 인용.

이 책은 누구에게나 읽어보라고 권하고 싶다. 목회자, 신부, 수녀, 수도사, 승려 등의 구도자는 물론 교육계, 재계, 정치계 등 사회지도층 인사들에게도 일독을 권한다. (선친은 이 책을 제2의 성서라고 했다.)

어머니는 이런 선친의 영향을 짙게 받고 나라 잃은 설움에 동지 의식을 느꼈다 그리고 남편의 가가와에 대한 칭송에 마음 깊은 곳에서 우러나오는 찬사를 보냈다. 먼저 나라 잃은 아픔에 어머니와 선친은 동병상련同病相憐[42]이었다. 어머니는 일제 강점기 때 일본인들이 운영하는 소학교(지금의 초등학교)를 다녔다. 한 살이 더 많았던 어머니는 아버지와 한 반에서 공부했다고 하니 동창생으로서 후에 부부의 연을 맺었다. (아니, 어머니 입장에서는 가난과 질곡의 전주곡이 되고 말았으니 이 무슨 운명의 장난이런가.) 우리말과 우리글을 빼앗기고 일본어로 공부했으니 일본 선생이나 일본인에 대한 설움은 분노로 이어졌을 게 뻔하다. 이 당시만 해도 여자가 학교에 다닌다는 것은 대단한 파격이었다. 한약방을 운영하셨던 외조부의 열린 교육열 때문에 어머니는 일찍이 문맹으로부터 벗어나 교양 있는 근대적 여성으로 변신한다. 이런 배경으로 보아 신여성의 길에 들어선 어머니 역시 나라 잃은 설움의 한복판에 있었음이 뻔하다.

이런 맥락에서 어머니는 선친의 나라사랑(애국심) 정신을 높이 평가했다. 일본 순사(순경)의 만행에 분개하여(이 사건은 뒤에서 다시 설명됨.) 후지아라라는 이름의 그 순사를 패대기쳤던 의협심에 후한 점수를 주었다. 선친의 이러한 남다른 정의감은 신여성의 안목으로 보아 대한의 젊은이가 가져야 할 당연한 패기라고 믿었다. 어머니 눈에 비친 선

---

42   어려운 처지에 있는 사람끼리 서로 동정하고 도움을 이르는 말.

친의 용감함은 멋진 남자였다. '이런 남자라면…' 어머니는 선친에게 매료되어 결혼했을 것이고 고진감래의 신봉자가 되는 길로 들어선다. 따라서 고난은 성공적인 인생길을 여는 하나의 통과의례였다. 이미 어머니는 가난보다 더 중요한 선친의 인간됨에 매료된 아름다운 사랑의 전주곡에 올인(all-in) 했던 것이다. 그리고 한 번 맺은 부부의 정을 그 어떤 것과도 바꿀 수 없다고 다짐했다.

목숨까지도 다할 판에 하물며 까짓 물질(돈)이랴!

가난은 지아비를 더 사랑하게 하는 매개체였을 뿐이다. 그 사랑의 결정판이었을 칠남매 역시 그랬을 것이다. 두 분의 사랑은 이렇게 정신으로 하나 된 사랑의 결정판이었다. 지고지순의 사랑! 아! 눈물이 앞을 가린다.

또한 심령이 가난한 분임을 인정했다. 선친은 참 착했다. 눈물을 지루한 장맛비처럼 흘리며 사셨다. 사회 약자들에게 마음으로 다가가 손을 내밀었다. 아흔 아홉 마리의 건강한 양보다도 길 잃고 헤매는 한 마리 어린 양을 보듬는 예수에게 반했다. 자신도 이렇게 살고 싶어 했다. 법정 스님의 무소유의 개념을 진작 실천한 분이라고 하면 어떨까. 어머니는 이를 정직에서 비롯된 신실한 분으로 보고 돈으로 살 수 없고 황금과 바꿀 수 없음을 아셨다. 없으면 없는 대로, 있으면 있는 대로 살면 된다고 생각했다. 그리고 그 빈 부분을 절대 긍정의 화신이 되어 빈 지갑을 채우셨다. 모자랄 때마다 끈기와 열정을 불태우고, 쓰나미처럼 몰려오는 시련의 위기를 오뚝이처럼 극복했다.

선친은 자연주의자이다. 시골 산골로 이사하여 살 때였다. 뱀이 집에 들어왔다. 뱀은 이제나 그제나 피하고 싶은 혐오 동물이다. 나는 뱀을 죽일 심산으로 나뭇가지와 돌을 집어 들었다. 선친은 죽이지 말라고 했다. 그리고는 나뭇가지로 뱀 허리를 들어 올리더니 산기슭으로 올라가서는 가만히 내려놓았다. 길가의 풀 한 포기도 함부로 대하지 않았다. 꽃이라고 생각되는 풀은 어느 곳에서 자라든지 뽑아버리지 않았다. 이름 모를 나무에는 스스로 이름을 붙여 주었다. 산골 집 문 옆에 자라던 '꾀꼬리 동백'이 그렇다. 어머니는 선친의 이런 모습에 매료되었다.

선친은 문화예술의 소양을 타고 나기도 했다. 한 잔술 흥에 취해 탭댄스(율동적인 발구르기)를 출 때면 내 배꼽도 함께 춤을 췄다. 한잔술은 어김없이 노래로 이어졌다. 청이 맑고 창이 좋은 어머니에게 노래를 불러달라고 할 때는 응석 부리는 어린애 같았다. 평생 노래의 동반자였다. 음악적 농담濃淡[43]이 두터웠던 두 분은 노래로 말하고 노래로 답했다. 선친이 불렀던 우리 가요 '황성옛터(荒城의 跡)'[44]와 일본 가요 '황성의 달(荒城의 月)'은 지금도 우리들의 귀에 쟁쟁하다. 하도 많이 들어서다. 당시 가수 이애리수[45] 씨가 부른 황성옛터는 대 히트한 순수 우리의 유행가였고, 이에 맞서기 위해 일본인이 일본의 정서를 살려 작사하고 작곡한 '황성의 달'(고죠 노 쓰키)의 노랫말은 지금도 우리 칠남매들이 (하도 들어서) 흥얼거릴 수 있는 노래들이다. 선친이 놓치지 않고 하셨던 두 노래에 대한 평론은 지금도 뇌리에 꽂혀 있다.

43　색채나 명암 따위의 짙고 옅은 정도.

44　황성옛터〈황성荒城의 적跡〉, 왕평王平 작사, 전수린全壽麟 작곡, 발표 시기 1932년, 이애리수李愛利秀 노래의 가요(유행가). 고려의 옛 궁터 만월대의 달 밝은 밤, 역사의 무상함을 느껴 즉흥적으로 만든 가락.

45　이애리수(李愛利水, 본명 이음전, 1911~2009년)

그리고 우리의 가요인 황성옛터가 훨씬 더 문학적이라고 일갈하셨다. 지금도 노래를 부르시는 모습이 기억에서 꿈틀거린다.

'아버님! 꿈속에서라도 한 번 오셔서 노래를 불러 주세요.'

꼭 짚고 싶은 한마디가 있다. 선친의 술로 인한 아픔과 가가와 선생에 대한 편협적인 심취 등으로 인한 가난의 처절했던 아픔은 칠남매의 공통사항이다. 그런데 지금도 어머니는 그런 아버지를 그리워한다. 잘났어도 내 신랑, 못났어도 내 신랑이라고 하면서⋯. 그렇다. 잘 살았어도 내 아버지, 비록 가난하게 살았지만 그래도 내 아버지, 그저 낳아 길러주신 은혜만으로 감사할 뿐이다. 눈에 넣어도 아프지 않은 내 손주 새끼들도 따지고 보면 나를 낳아 준 어머니와 선친의 선물이다. 나 역시 사무친 그리움에 눈물을 흘린다.

어머니는 얼마나 그리우실까!

'차선'이 '최선'이었다

위의 글에서 보듯 선친은 이미 가가와 선생의 제자가 되어 있었다. 존경과 그리움을 담아 기억에 빠졌다. 어머니와 우리들은 똑같은 말에 질리고 또 질려서 외면하기 일쑤였다. 하지만 한잔 술에 취한 선친은 브레이크가 고장 난 자동차처럼 그를 그리워했다. 나와 우리들이 그 분과 무슨 상관이 있단 말인가! 아니 가가와는 어머니와 칠남매에게 가난을 가져다준 사람이 아니던가. 그랬다. 독설일지 모르지만 가가와는 기독교에서 지적하는 가난의 귀신이었다. 집식구들의 먹거리를 책임져야 할 분의 이와 같은 관심은 공허한 메아리에 불과했다.

돌이켜보면 (죄송하지만) 그때의 선친은 어머니와 우리들에게 철이 없었다. 솔직히 말해서 왜 그렇게 살아야 하는지를 머리를 곧추세워 따져 묻고 싶다. 목까지 차오르고 또 차오르는 울분들. 그러나 참아야 했다. 왜냐하면 선친에게는 어떤 권위가 있었다. 돈과 바꿀 수 없는 어떤 힘이 있었다. 곧 '바른 지성'과 '선한 양심'이 그것이다. 이렇게 사는 분에게 대든다는 것은 옳다고 할 수 없었다. 불경不敬이었다.

앞선 지적처럼 내 아버지의 가장 큰 핸디캡은 허탄하고 현란할 정도의 말은 있었으나 삶의 터전이 없었다. 직장이 없고 직업이 없었다. 직장이 없으니 월급이 없었다. 직업에는 귀천이 없다는 옛말, 정말 소중한 지적이다. 변변한 직업이 아니어도 좋고 월급이 많고 적음이 문제가 아닐텐데. 그 돈에 맞춰 살면 되지 않나? 그러면 적어도 굶지는 않을 게 아닌가? 지금이나 그 때나 황금보다 더 귀한 게 '월급'이라는 현금이 아니던가.

지금도 기억에 생생한 말이 있다. 언젠가 아버지께 한번 "아버지가 저 읍내 우체국 직원보다 못한 게 뭐 있어요?"라는 말씀을 드린 적이 있다. 이 말을 들으신 선친은 묵묵부답이셨다. 당시에 집배원은 사회적으로 각광 받는 직업은 아니었음에도. 오죽 답답했으면 이런 말을 했을까.

또 하나의 핸디캡은 농토였다. 농촌의 생활은 흙에서 비롯된다. 그런데 아버지에게는 흙(땅)이 없었다. 작물을 심고 가꿀 수 있는 흙이 없었다. 흙이 있어야 심고, 심어야 거둘 수 있고, 거두어야 먹고살 게 아닌가. 흙이 없으니 심을 수가 없고, 거둔다는 희망도 없다. 직업도, 농토도, 그 어느 것 하나 없는 내 집은 둘러볼수록 황량한 사막이었다.

물론 선친이 노력을 안 하신 건 아니다. 돈을 벌기 위해 갖가지 노력을 했다. 특히 셋째 형님을 무던히 지원했다. '우양상회' 간판 이름을 짓고 잡화상 가게 일에 매달렸다. 마카로니 장사를 할 때 혼신의 노력을 다했다. 인천에서 고물상 하는 형을 도울 때는 먼지 섞인 밥을 마다하지 않았다. 지성인으로서 상상이 가지 않는 인생 밑바닥 생활을 한 것이다. 오직 자식이 잘 되기만을 바라는 마음 하나였다. 한때는 야산에 복분자 나무를 심고 '돈나무'라는 자신감에 들뜨셨다.

어디서 들었는지 우렁이를 키우면 돈이 된다고 하시면서 큼지막한 함지박에 우렁이 새끼 종자를 사다가 키우시기까지 했다. 물론 돈 되는 일이 아니었다.

다행히 읍내를 떠나 이사 간 곳에 농토가 있었다. 경사진 야산을 개간하여 콩이며 팥이며 부식을 심었다. 개를 키우고 염소도 키워 돈과 바꾸었다. 마늘과 양파도 심고, 감자며 고구마도 심었다. 볼품이 없는 못생긴 놈들이 많았지만 궁핍한 내 집으로서는 감지덕지였다. 흙은 생산의 어머니였다. 심기만 하면 몇 십 배의 소출을 거둘 수 있었다. 흙은 먹거리의 창고였다. 흙은 창조의 생명체였다. 하나님이 사람을 지으실 때 흙을 소재로 하신 이유는 바로 이 '생명'과 어떤 연관이 있을 거라는 생각까지 해 보았다.

전보다는 생활이 훨씬 나아졌다. 그러나 이 역시 생활비와 학비를 조달하기에는 턱없이 부족했다. 노력한 만큼 돈이 따라주질 않았다. 사람이 돈을 따르기보다 돈이 사람을 따라야한다는 우스갯소리는 선친을 빗대고 한 말이 아닐까. 그랬다. 돈이 당최 따르질 않았다. 어찌 보면 가난이 아버지만의 잘못만은 아니었다. 따라주지 않는 돈도 문제였다.

나는 그때의 아버지로부터 귀중한 교훈을 얻었다. 공자가 한 말씀이 있다. 두 사람이 나와 함께 길을 가는데 그 두 사람이 나의 스승이라. 착한 사람에게서는 그 착함을 배우고, 악한 사람에게서는 악함을 보며 자기의 잘못된 성품을 찾아 뉘우칠 기회를 삼으니, 착하고 악한 사람이 모두 내 스승이라고 했다. 나는 커서 이렇게 살지는 않겠다고 속으로 다짐하고 주먹을 불끈 쥐었다.

어머니가 훌륭하신 것은 바로 이 점이다. 아버지를 탓할 수밖에 없는 현실이었지만 여기에 마음을 뺏기지 않았다. 그리고 더 큰 도전으로 남편과 자식들의 생활고 극복에 팔을 걷어 붙이셨다. 아마 나약한 분이었다면 (이 글에서 누차 강조한대로) 이혼을 했어도 골백번은 더 하셨을 거다. 극단의 선택을 했을 지도 모른다. 그러나 어머니는 비겁한 현실을 탓하거나 어리석은 선택을 하지 않았다. 구하고, 찾고, 두드리는 정공법을 택했다. 그래서 남편의 부족한 부분을 채웠다. '차선'을 택한 것이 '최선'이 되었다.

십자가

윤동주

쫓아오던 햇빛인데
지금 교회당 꼭대기
십자가에 걸리었습니다

첨탑尖塔이 저렇게도 높은데
어떻게 올라갈 수 있을까요

종소리도 들려오지 않는데
휘파람이나 불며 서성거리다가
괴로웠던 사나이,

행복한 예수 그리스도에게처럼
십자가가 허락된다면

모가지를 드리우고
꽃처럼 피어나는 피를
어두워 가는 하늘 밑에
조용히 흘리겠습니다

불경죄不敬罪

선친은 애국, 애족, 애민의 사상가라고 하면 틀림없다. 남다른 민족정신으로 서슬 퍼런 왜정치하에서도 우리말 교실인 '야학夜學'을 운영하셨으니까. 당시의 상황에서 우리말을 가르친다? 목숨을 담보로 하지 않고서는 있을 수 없는 일이다. (내 아버지는 애국지사라고 생각한다. 보훈자 반열에 서지 못하심이 안타깝다.)

일화가 있다. 담배꽁초를 버렸다는 죄목으로 조선 사람을 개 패듯 팼던 왜인 순사(후지아라)를 보고 선친은 분노했다. 좋은 말로 타일러도 될 일을, 그렇게 때려야만 되겠느냐고 따지다시피 물었다. 옥신각신하다가 몸싸움이 벌어졌다. 일인日人 순사는 내 아버지를 '불경죄'란 명목으로 잡아갔다. 이 죄는 일본 천황 모독죄였다. 천황이 내린 군복을 입은 경찰에게 폭언과 신체상의 위협 그리고 가해를 했다는 것은 일본 천황에 대한 모독이라는 논리였다. 내 선친은 서산 고등계에 끌려가 모진 고통을 당했다.

나는 자식으로서 이런 아버지를 존경한다. 일제치하에 항거한 분명한 사실을 국가에서 독립유공자로 인정하실 수는 없을까. 이런 살아있는 양심과 행동이 일개 촌부의 일로 치부되어 묻혀 둘 사안은 아니리라. 아마도 제대로 된 독립 운동가를 만나서 몸 담았다면, 조국의 독립을 위해 목숨을 아끼지 않으실 분이다. 이런 아버지를 만난 어머니는 선친의 깊은 애국정신을 높이 사시고 절대 순종했다. 어머니는 비록 목구멍에 제대로 풀칠을 해 주지 못하는 가난뱅이 신랑을 만났지만, 이를 구실로 신랑의 인격을 모욕하는 그런 어머니가 아니었다. 결코 돈으로 선친을 옭아매는 파렴치하고 저급한 반항자가 아니었다. 오히려 이런 인간 됨됨이를 인정하고 존중해 드리는 수준 있는 지어미 像을 보였다.

어머니의 품격 놓은 지아비 사랑이 칠남매를 길러낸 힘이 아니었을까.

새로운 길

윤동주

내를 건너서 숲으로
고개를 넘어서 마을로

어제도 가고 오늘도 갈
나의 길 새로운 길

민들레가 피고 까치가 날고
아가씨가 지나고 바람이 일고

나의 길은 언제나 새로운 길
오늘도… 내일도…

내를 건너서 숲으로
고개를 넘어서 마을로

가장 작지만 큰 자

"심령이 가난한 자는 복이 있나니…"

– 마태복음 5장 3절 개역한글

가난의 중심에서 연민의 정이 깊은 눈물을 쏟은 아버지 역시 뿌린 대로 거두어 가난하게 사셨지만, 장수의 복을 누렸다고 할 수 있다 (92세 소천). 가난한 심령에게 주신 하나님의 선물이라고 믿는다.

김수환 추기경의 선종善終 7주년을 맞는 일간신문 기사를 읽으며 선친을 생각했다.

"추기경님, 이런 고급차를 타고 다니시면 길거리의 사람들의 떠드는 소리도 안 들리고 고약한 냄새도 안 나겠네요."[46]

추기경과 함께 캐딜락 승용차를 타고 가던 한 수녀가 농담으로 던

---

46   조선일보, 2016.02.26.금. A21면.

진 말을 듣고 자신도 모르게 귀족이 된 모습을 통렬히 반성했다고 한다. 그 후로 그는 평생 고급차를 타지 않았다. 내 선친은 비록 일개 촌로에 불과했지만 적어도 심령이 가난한 자로서의 삶을 묵묵히 걸어 오셨다. 심령이 가난했던 분, 청렴했던 분, 울보여야 했던 착한 심성의 소유자, 결코 작은 자가 아니었다. 그 아버지가 새삼 그립다.

소천하시기 며칠 전, 병상의 아버지는 막 교장으로 승진한 내 손을 잡으시고 이렇게 말씀했다.

"교장 왔구먼."

아버지는 교장이 된 나를 매우 자랑스럽게 생각하셨다. 교장으로 승진되어 아버지 앞에 선 나 역시 자부심으로 가득했다. 그러나 그 것도 잠시, 아버지에게 못된 아들이었던 그때가 영화 속의 한 장면처럼 기억에 맴돌았다. 가난만을 선물해 준 아버지에 대한 원망을 곧잘 표현했던 나, 잘난 척하며 대들었던 반항의 순간들이 아버지의 병상 앞에서 한없이 초라해지기 시작했다. 속죄의 말씀을 드리려니 왠지 용기가 나질 않았다. 그저 물끄러미 아버지를 바라보는 것이 속죄의 한 방법일 수 있다고 되뇌었다. 하지만 말씀드리지 않는 것은 비겁하다는 생각이 마음을 때렸다. '말을 해야 한다. 입을 열어 속죄를 하자.' 용기를 내어 입을 떼기 시작했다.

"아버지, 제가 아버지께 죄를 많이 지었네요. 함부로 말하고 함부로 지껄이고…. 제가 참 잘못했습니다. 아버지! 용서해 주세요."

병상에 누우신 아버지의 두 손을 잡고 무릎을 꿇었다. 그리고 내 잘못된 죄를 고백했다. 눈물이 앞을 가렸다. 아버지께서 입을 떼셨다.

"다 지난 일인 걸…."

나는 아버지가 못된 내 과거 잘못을 이 한마디로 용서해 주셨다고 믿는다. 내 집에 십년을 모시면서 아버지를 가르친다는 미명 아래 자행된 나의 미숙한 부족을 늘 가슴 아파했는데, 이렇게라도 고백하고 나니 가슴이 뻥 뚫리는 듯 했다. 다시 모시고 살 수만 있다면 아버지 편하신 대로, 하고 싶은 대로 해 드려야겠다고 생각했다. 철부지의 때 지난 후회를 모르는 바 아니지만, 이렇게 해서라도 아버지에 대한 불경을 용서 받고 싶어서다. 공교롭게도 이 말씀은 내가 살아생전 아버지로부터 들은 마지막 육성이 되고 말았다.

병원에서 돌아와 어머니께 소상하게 이날 있었던 사실을 말씀드렸다. (아버지는 생전에 '비겁하다'는 말을 곧잘 쓰셨다. 나도 이 영향을 받은 것 같다.) 어머니는 내 손을 꼭 잡더니 먼 산을 바라보았다. 넷째 아들의 비정함을 어머니도 용서하려는가. 어머니의 따뜻한 온기가 손을 타고 온 몸에 전해 왔다. 어머니께서도 잘 했다고 말씀하는 것 같았다.

이 일이 있은 며칠 후, 아버지는 영면의 길로 접어드셨고 천국으로 가셨다. '천국에서 편히 쉬소서. 넷째 아들 이놈은 지금도 아버지를 존경하고 사랑합니다. 그리고 모시고 살았던 그 때가 한없이 그립습니다. 아버지, 정말 뵙고 싶습니다. 꿈에서라도 꼭 뵙고 싶습니다.'

> "예수께서 가라사대 나는 부활이요 생명이니 나를 믿는 자는 죽어도 살겠고 무릇 살아서 나를 믿는 자는 영원히 죽지 아니하리니 이것을 네가 믿느냐."
>
> — 요한복음 11장 25~26절 개역한글

희생양

눈물샘이 마를 날 없었던 심성 착한 선친은, 눈물만 많았을 뿐 도무지 제몫 챙기기에는 문외한이었다. 집 팔고 땅 팔아 아버지 형제들의 학업과 생활 그리고 결혼에 따른 뒷바라지를 온전히 감당했다. 서울 유학길에 오른 큰아버지의 학업과 안양으로 이사한 작은 아버지의 사업 뒷바라지를 위해 할아버지의 재산을 처분해야 했고, 네 분 고모들의 출가를 돕는 일 역시 그랬다.

홀로 고향을 지키신 아버지 옆에서 어머니는 지아비의 선행을 묵묵히 감당했다. 손과 발이 모두 잘린 아버지 곁의 어머니는 지아비의 '선(善, 착함), 청(淸, 청렴) 의(義, 의협심)'의 희생양이었고, 내 형제들 역시 그래야만 했다.

이러한 사실을 집안의 어른들이나 사촌 형제들이 고마워할까. 현실을 목도한 큰누님의 회포는 쓰기만하다. 하늘의 상이 크겠지만, 그러기엔 살아온 현실이 비정하다.

사선을 넘다

 영민하시고 선하셔서 친구들이 많았다.
이 친구들 역시 술친구였다. 어머니와 우리들이 가난하게 산 것은 전
적으로 술에서 비롯되었다.

> "포도주는 붉고 잔에서 번쩍이며 순하게 내려가나니 너는 그것을
> 보지도 말지어다."
>
> — 잠언 23장 31절 개역한글

선친은 술이 있어 즐거웠을지 모르지만 우리 식구들에게는 정말이
지 나쁘고도 나쁜, 고약한 존재였다. 어머니에게 있어서 술이란 '징글
멀짜'(생각하기조차 싫다는 뜻)의 상징이었다. 이 '징글멀짜'라는 용어는 우
리 어머니의 전매특허다. 어머니는 술에 대한 평가를 이 한마디에 담
았다. 온몸을 흔들면서 '징글멀짜'라는 말을 몸짓으로 표현할 때면,
마치 '징글멀짜'라는 구더기가 어머니의 몸에서 막 떨어져 나오는 듯
했다. 정말이지 술은 집안 식구들에게 혐오스럽고 징그러운 몹쓸 존

재였다. 어머니는 아버지가 그토록 좋아하셨던 '술'을 쳐다보지도 않으셨다. 어쩌다 한 잔하라는 권유를 받으면 손사래를 치며 더러운 선택(?)에 단호히 반대했다.

나는 사람이 왜 교회 중심이어야 하는지 아버지를 통해 깨달았다. 교회를 다니셨으면 술친구 자리에 교회 친구가 자리했을 것이다. 그랬으면 가난으로부터 벗어날 수 있었을 것이다. 아버지는 예수를 가가와 도요히꼬 같은 도덕적 위인 정도로 아셨던 걸까? 그랬을 지도 모른다는 게 나의 숨길 수 없는 속내다. 주는 그리스도시요 살아계신 하나님의 아들이라는 베드로의 고백이 아버지의 고백이어야 했는데 그러질 못했다. 전자가 인본주의 입장이라면 후자는 신본주의에 근거한다. 하나님을 믿고 예수를 따르기 위해서는 그 분의 신성을 인정하고 신본주의의 길을 걸어야 한다. 이것은 성서의 진리다.

"시몬 베드로가 대답하여 이르되 주는 그리스도시요 살아 계신 하나님의 아들이시니이다."

— 마태복음 16장 16절 개역개정

그러나 아버지는 주일에 대한 개념이 없었다. 일요일에 예배당을 찾아 드리는 주일 예배를 등한시한 정도가 아니라 예배 자체를 드리지 않았다. 그 고통은 가혹했다. 맏형의 정신분열로 마음이 편한 날이 없었다. 제대로 먹지 못하니 살아갈 의욕을 잃었다. 장마가 시작되면 지붕에서 방으로 떨어지는 빗물(지랑물)을 받기에 정신이 없었다. 이런 집에 공부방은 꿈도 꿀 수 없었다. 술은 분란이라는 교묘한 방법으로 우리들을 괴롭혔다. 뻑하면 큰소리로 집 안이 시끄러웠다. 꽤

종시계 하나 없고 라디오조차 없는 우리집은 가난의 저주에 꽁꽁 묶인 삭막한 사막이었다. "내 쉴 곳은 작은 집 내 집 뿐이리"라는 노래는 우리를 조롱하는 노래였다. 주일을 지키지 않는 교만이 술과 어우러져 고문 가득한 불행한 집이었다. 술은 가난의 앞잡이였다.

그런데 이변이 생겼다. 아주 추운 어느 겨울날이었다. 동네 어귀에 있는 교회로부터 전화가 걸려 왔다. 교회에 아버지가 계시니 모시고 가라는 전화였다. 춥고도 추운 겨울, 어둠이 온 대지를 덮은 겨울밤, 그 교회 장로가 마실[47]갔다가 서낭당 고개를 넘어가는데, 달빛에 뭔가가 보이더란다. 보통 사람 같았으면 무서워 접근조차 못했을 텐데 신앙심 가득한 장로에게 무서움이 문제가 아니었을 터다. 조심스레 살펴보니 사람이더란다.

내 아버지였다. 축 늘어진 몸뚱이를 간신히 부축하여 교회 예배당에 뉘어 놓았다. 맏형님과 어머니가 급히 교회로 달려갔다. 술에 취한 선친은 여전히 '술잠'에 취하여 계시더란다. '징글멀짜'의 구더기에 마취된 채…. 마침내 술은 아버지의 목숨까지 위협했다. 아버지 나이, 육십 대 중반쯤으로 기억한다.

그 뒤로 선친은 술을 완전히 끊었다. 술을 끊게 해달라는 내 평생의 간절한 기도를 하나님이 들으셨다. 그 장로님이 아니었다면? 하나님은 술에 잠식 당한 아버지를 살리기 위해 '장로 천사'를 보냈다. 생각할수록 흥분이 가라앉지 않는 일생일대의 큰 사건이 아닐 수 없다.

동사凍死 직전에서 '사선死線을 넘으신' 선친은 단주斷酒라는 선물을 받았다. 마침내 평생의 내 기도 제목이 응답되었다. 어느 새 입술이

---

47   근처에 사는 이웃에 놀러가는 일.

떨리고 있었다.

지나온 모든 세월들 돌아보아도
그 어느 것 하나 주의 손길 안 미친 것 전혀 없네.
오, 신실하신 주 오, 신실하신 주
내 너를 떠나지도 않으리라 내 너를 버리지도 않으리라.
약속하셨던 주님 그 약속을 지키사
이후로도 영원토록 나를 지키시리라 확신하네.

– Gospel song(최용덕 작사)

아버지만의 선물인가. 아니다. 우리 모두의 선물이다. 가가와가 넘은 사선을 아버지도 넘으셨다. 가가와가 살아났듯이 아버지도 살아났다. 하나님의 사랑은 사선에서 함께 하셨다. 특히 어머니에게는 생애 최고로 값진 선물이다. 어머니를 괴롭혔던 징글멀짜의 구더기가 떨어져 나갔다. 술이 없는 우리 집에 평화가 깃들기 시작했다. 이 일 후로 아버지는 착실한 신자가 되셨다. 성경도 읽으시기 시작했다. 각종 예배에도 열심이셨다. 즐거운 나의 집이 되었다.

"God is good god!"

눈동냥 귀동냥

 담론을 즐기셨던 선친은 사색가였다. 정치적인 안목이 출중해서 정치적 식견을 품위 있게 비평하는 평론가였다. 민족정신이 강하여 일제치하에서도 한글을 가르쳤고, 조선 사람을 괴롭히는 일본순사에게 대항하기도 했다. (그날이 히로히또의 아들, 아끼히또 황태자-현재의 일왕-의 생일이어서 가까스로 옥고를 면했다.)

그들은 반일운동가로 지목된 아버지를 회유하기 위해 일본의 선진 문물을 시찰한다는 명목으로, 원치 않게 일본을 답사하게 된다. (삽화의 가위는 이때 사 온 것이다. 검고 날렵하고 날카로웠고 견고했다. 어머니는 이 가위를 잘 썼다. 얼마 전까지도 보관을 잘 하고 있었는데…) 그러나 민족혼에 불타는 이들의 회유에 굴복할 분이 아니었다. 한글 문맹이 대다수였던 당시의 동포들에게 우리말을 가르쳐야 한다는 신념을 여전히 실천하셨다. 그때 조선어를 배운 제자들이 지금도 살아있을까? 뒤 달 전 우연히 점심 식사를 하러 간 고향의 식당에서 만난 분(종업원인 듯)이 선친에 대해 잘 알고 있었다. 한 동네에서 살았기 때문이다. 선친으로부터 그 동네에 살고 있는 분 중에서 왜정 시대에 야학을 할 때 조선어

를 배운 제자가 있었다는 것을 들어 알고 있던 터다. 나는, 다시 그 제자 분에 대한 인상착의를 말한 후 아는 지를 물었다. 다행히도 그 여자는 그 분에 대해서 아주 잘 알고 있었다. 위아래 이웃에서 살았다고 하면서…. 아직도 살아계신 지를 물으니 안타깝게도 유명을 달리했다고 했다. 이 말을 듣는 순간 착잡한 마음을 가눌 길 없었다. 생생한 사료史料로서의 중인을 놓친 것 같아 참 씁쓸했다.

애향심이 각별해서 태안이 군으로 복군復郡되면서 태안신문에 '향사와 전설'과 제하의 글을 수년간 게재하셨다.

이렇게 선친은 비록 가난했지만 인격과 학식 면에서 훌륭한 어른으로 대접을 받았다. 어머니 역시 불가항력의 상황에서 자식들 교육 뒷바라지를 위해 애쓴 장한 어머니로 인정을 받았다. 부창부수夫唱婦隨[48]라 했던가. 어머니가 뿌린 남편 공경과 자식사랑의 숨은 공로는 이미 고향 사람들로부터 발수갈채를 받고 있었다.

"저 아주머니, 참 대단해. 가난한 신랑 됐어도 자식 농사를 잘 지어 공무원 자녀를 셋이나 두고, 지금은 잘 살고 계셔."

고통의 관문을 무사히 통과하시고 승전의 개선문에서 칭송의 대상이 되신 어머니! 비록 고달프고 고단한 삶이었지만 길마다 뿌렸던 수고가 헛되지 않았다.

---

48 남편이 주장하고 아내가 이에 잘 따름의 뜻으로, 부부 사이의 화합하는 도리를 비유적으로 이르는 말

어려운 자들이 이웃

선친의 의협심은 자타가 공인할 정도인데 명분과 실리, 둘 중에서 어느 것을 택할 것인가 묻는다면 당연 명분이다. 그럴 정도로 청렴결백한 분이었다. 우리들이 가난의 구렁텅이에서 헤어나지 못한 것은 다른 이유가 없었다. 이는 물질 욕심 제로의 선비적 강골기질과 학자적 양심으로 가득했던 아버지 스스로 선택한 일종의 고집에서 비롯됐다. 누군가 그랬다. 빨간 거짓말은 안 되지만, 하얀 거짓말은 때로는 필요하다고…. 그런데 선친은 빨간 것이든, 흰 것이든 어느 것도 허용칠 않았다.

특히 선친은 그리스도교의 교리의 핵심인 '사랑'에 집착한 나머지 물질 없는 사랑에 빠지셨다. 눈물이 유독 많은 울보 선친은 자신보다는 주변 사람들의 어려운 처지에 울었다. 이러니 아버지는 남들에게는 인기가 만점이셨다. 이러니 어머니와 우리들에게는 미움의 대상이었다. 술독에 빠져 산 것도 이와 무관치 않다. 남들 일을 도맡아 하고 한잔 술의 인심과 바꾸기 일쑤였던 것이다.

형제들 역시 부모의 피와 성질을 닮게 마련이다. 선친은 어려서부터 막내아우를 각별히 사랑하셨고 애정을 쏟았다. 그래서 그런지 몰라도 아우가 아버지를 많이 닮았다. 공무원으로서 민원인들과 몸이 부서질 정도로 한 몸이 되었고, 이들과 희로애락을 함께 하는 모습은 마치 아버지를 보는 것 같다. 술 마시는 것도 아버지와 꼭 닮았나? 후에 단주를 결심하고 교회 생활에 열심이었다. 이를 바라본 사람마다 모두가 박수갈채를 보냈다.

그런데 이 아우가 하늘에 계신 아버지가 좋아하실 일을 저지르고(?) 말았다. 모범공무원으로 아우가 선정되었는데, 시상금을 어려운 이웃을 위해 성금으로 쾌척했단다. 어려운 살림임에도 어려운 이웃을 위한 헌금은, 금액의 많고 적음과 상관없이 착하고 어진 마음이 아닐 수 없다. 피는 못 속인다. 아버지 정신에서 우러나온 멋진 실천이다. 아버지가 살아 계시다면 참 좋아하셨을 것이다. 자신이 이루지 못한 일 하나를 실천했다고 하시면서….

요양 병원에 계신 어머니가 이런 자랑스러운 아들의 선행을 보고 떠올리실 분이 있다. 아버지다.

서시/序詩

윤동주

죽는 날까지 하늘을 우러러
한 점 부끄럼 없기를,
잎새에 이는 바람에도
나는 괴로워했다
별을 노래하는 마음으로
모든 죽어가는 것을 사랑해야지
그리고 나한테 주어진 길을
걸어가야겠다

오늘 밤에도 별이 바람에 스치운다

시피옥(SIFIOC) 정신

미불유초 선극유종 靡不有初 鮮克有終[49]

　처음은 누구나 노력하지만 끝까지 계속하는 사람은 드물다는 뜻이다. 처음은 누구에게나 있게 마련이다. 그런데 끝까지 계속하는 사람은 드물다. 흔히 우리가 아름답게 인용하는 '유종의 미有終之美'와 상통한다.

　경제와는 거리가 너무도 멀게 사셨던 가난한 선비의 공백을 메워준 어머니는, 우리들에게 실물경제의 첫 단추를 끼워준 분이다. 어머니의 정신은 고귀한 '정신'이었다. 이런 정신이 그대로 나와 형제들에게 심어졌듯이 후대들에게 이어지길 바란다.

　사람이 동물과 다른 점은 두말할 필요 없이 정신이라는 영혼이 있기 때문이리라. 사람의 사람다움은 이 정신 때문이다. 내가 살면서 늘 마음에 새기는 정신 몇 가지가 있다. 우선 교육이념으로 널리 이

49　靡(쏠릴 미), 不(아니 불), 有(있을 유), 初(시작 초), 鮮(뚜렷한 선), 克(이길 극), 有(있을 유), 終(마침 종).

롭게 한다는 뜻의 '홍익인간弘益人間', 사람이 곧 하늘이라는 '인내천人乃天', 신라의 삼국통일을 가능케 했던 화랑도의 정신적 지주인 '세속오계世俗五戒'[50], 한국인을 굶주림으로부터 해방시킨 새마을운동의 '근면, 자조, 협동' 이 그것이다.

이처럼 정신은 참으로 귀중하다. 정신이 살면 삶이 살고, 정신이 죽으면 삶도 죽는다. 살아 있는 정신은 올바른 정신이다. 이 정신이 빠진 인생은 모래 무덤이요, 빛이나 열기가 없는 태양에 불과하다. 정신은 사람을 문명인으로 개화시킨다. 문화인으로서 생활을 유도하여 고매한 인격으로 안내한다. 역경을 극복할 수 있는 배경이 되어 새로운 소망의 원천을 제공한다. 삶의 지렛대 역할을 함으로써 사람으로서의 긍지를 도모한다. 정신은 한마디로 사람을 사람답게 한다.

우리 어머니에게도 이런 정신이 있다. 성실성(Sincerity), 근면성(Industry), 개척정신(Frontier), 자주성(Independence), 창의력(Originality), 도전정신(Challenge spirit) 등이 그것이다. 이른바 '시피옥(SIFIOC) 정신'이다. 어머니의 이런 정신 때문에 내가 존재한다. 어찌 나 뿐이랴.

어머니의 피를 이어받은 다음 세대들이 명심해야 한다. 자손천대에 면면히 흘러들어야 할 정신이다. 아울러 이 시대를 살아가고, 살아갈 모든 이들에 대한 외침이기도 하다.

50　　사군이충(事君以忠: 충성으로써 임금을 섬김), 사친이효(事親以孝: 효도로써 어버이를 섬김), 교우이신(交友以信: 믿음으로써 벗을 사귐), 임전무퇴(臨戰無退: 싸움에 임해서는 물러남이 없음), 살생유택(殺生有擇: 산 것을 죽임에는 가림이 있음). 화랑도의 신조가 되어 삼국통일의 정신적 토대가 됨.

어머니에게 드리는 편지
('메아리 사랑')

어머니! 어머니에게 이 글을 바칩니다. 가시밭에서 한 송이 꽃을 피운 어머니! 긍정의 힘으로 내일의 소망을 거머쥔 어머니! 올해로 아흔여덟, 백수를 바라보는 나이가 되셨네요. 당연한 하나님의 축복이십니다. 환난을 긍정의 마인드로 승화해 내고 오늘의 값진 인생 역전 성공 실화를 일구어 낸 어머니를 향한 하나님의 배려요 축복입니다.

우리들은 어머니의 고귀한 희생정신과 이 안에 보석같이 숨긴 긍정과 소망의 메시지, 그리고 진정한 승리를 위한 삶의 에너지들! 결코 잊을 수 없습니다. 더 열심히 살고, 더 자랑스럽게 살고, 더 긍정적인 자세로 어머니를 생각하면서 하루하루를 살아가겠습니다.

그런데 어머니! 여쭙고 싶은 게 있는데요. 밤하늘의 은하수처럼 총명하시어 아들, 며느리, 손주들을 잘 알아보시는 기억력, 어디서 받으신 거고 누가 주신 건지 말해 주세주세요. 한마디로 대단하십니다. 말씀해 주시면 단숨에 달려가 찾아오겠습니다. 하나님의 은총이요 축복이라면 저도 밤샘 기도를 해서라도, 어머니에게 주신 기억력을 달라고 떼를 써 보겠습니다. 어떻든지 어머니는 전능하신 하나님의 각별한 은총을 받고 계심이 틀림없는데, 특히 총명한 기억력이 더 그렇습니다. 하나님도 어머니를 하늘의 별처럼 높이고 보석처럼 귀하게 보며, 이 같은 선물을 주시고 있음이 분명합니다. 저도 어머니처럼 그 기억력을 보상받고 싶은데 뜨거운 기도와 응원 부탁드립니다.

어머니는 특별한 미식가美食家이십니다. 잡수시는 것 역시 어머니답습니다. 따뜻한 국물에 뜨끈한 진지 말아서 '거쩐'(쉽게, 빨리, 고향 사투리.) 한 그릇 비우니 어머니의 혀 감각은 여전히 일품입니다. 지난 날, 주린 배를 꿀로 달래면서 허기를 틀어막았을 어머니가 생각났습니다. 아마도 어머니가 그때를 생각해서 지금도 맛나게, 맛있게 잡수시는 것으로 미루어 짐작하는데 제 생각이 틀림없지요? 이 또한 주님의 은총입니다. 왜냐하면 그렇게 잘 잡수시니까 아흔여덟의 연세에도 기억력이 또랑또랑하고 기력까지 좋은 거지요.

어머니는 어머니가 행복해지는 방법을 상대방의 칭찬에서 찾고 있으니, '상담 기술의 대가'라고 해도 조금도 지나침이 없는 분입니다. 냄새나는 발가락까지도 예쁘다고 하시는 어머니의 칭찬 기술은 어디에서 익힌 건지요. 순하 어미(아내)의 고린내 나는 발가랑('발가락'의 어머니 식 표현)까지 예쁘다고 칭찬하는데, 정말 그토록 넷째 며느리가 예쁘셨나요? 하긴 칭찬의 대가이신 어머니에게 안 예쁜 며느리가 어디 있겠어요.

하하하! 팔불출 같아서 말씀드리기 송구스럽지만 어머니의 넷째 며느리, 참 잘 두셨습니다. 지금도 멀리 떨어져 살고는 있지만, 시어머니에 대한 지난 10년간 모신 흔적을 고이 간직하고 있습니다. 그리고 더 모시고 살지 못한 안타까움 역시 그렇습니다. 지금도 말 끝마다 '우리 어머니! 우리 어머니!'합니다. 이 아들, 이 말이 싫지 않습니다.

"우리 어미 효부상 탔다고…"

하지만 어미는 효부상 탄 거 하나도 안 좋아한답니다. 더 잘 모시지 못한 게 그저 죄송할 따름이라면서요. 건강해 지셔서 넷째 며느리 곁으로 오세요. 내 자식들이 어머니랑 같이, 한 지붕에서 살아온 그때 그 10년은 너무 행복한 시간들이었습니다.

어머니! 제가 하나 약속하고픈 게 있습니다. 어머니가 그토록 예뻐하는 며느리를 많이 아껴주고 사랑하면서 열심히 살 것을 약속할게요. 아참, 어머니와 함께했던 제 아이들이 이제는 성인이 되어 시집 장가 잘 가서 예쁘게 살고 있습니다.

어머니로부터 배운 10년 동안의 가르침이 어디 가겠습니까. 손주들을 보면 어머니 생각이 많이 나는데 왜 그럴까요? 손주들 많이 낳아 잘 기르고, 잘 키우라고 어머니가 응원해 주시면 좋겠습니다. 그리고 소운 엄마(내 며느리)에게는 어미(아내) 같은 며느리, 예원 엄마(내 딸)에겐 어머니 같은 며느리가 되라고 말해 주고 싶습니다.

어머니의 요양 병원 생활이 마냥 즐거우신 것 같아 마음이 놓이는데요, 특히 어머니를 하루 종일 돌보아 주는 분, '김 회장'이 있어서 그렇습니다. 아주 좋은 분 같아요. 어머니가 거리낌 없이 김 회장을 칭찬하는데 역시 어머니는 지금까지도 여전히 칭찬의 대가입니다. 평생 동안 어머니 칭찬 기술을 보고 배우고 익힌 탓에, 저 역시 칭찬이 몸에 배였답니다. 제 주변의 여러분들을 향해 칭찬의 총알을 무던히 쏘며 사는 탓에, 주변 분들로부터 '칭찬 쟁이'라는 말을 듣고 살고 있습니다. 이 또한 어머니로부터 받은 값진 선물입니다. 아내가 입버릇처럼 저에게 하는 말이 뭔지 아세요?

"당신은 칭찬을 참 잘해!"

장모님이나 장인어른으로부터 이렇다 할 칭찬을 받지 못하고 살아왔다고 하면서, 친정 부모님으로부터 받지 못한 칭찬을 나를 만나다 받았다고 합니다. 하하, 어머니로터 배운 걸 자연스럽게 말한 것뿐인데, 듣고 보니 기분이 나쁘진 않더라고요.

아무튼 김 회장, 어머니의 칭찬을 듣고 입이 귀에 걸치더라고요. 조선족이라고는 하지만 남의 나라인 게 분명하잖아요. 솔직히 말해서 그 김 회장, 얼마나 고단하고 힘들겠어요. 노인 분들 잡숫는 거 일일이 챙겨 드리는 것은 물론이고, 대소변을 한 분 한 분 신경

써야 하니 그 고통인들 오죽하겠습니까.

소싯적, 어머니의 가슴 아팠던 때를 잊지 않고 김 회장의 마음을 하나하나 읽어 내어 칭찬으로 보듬어 주니, 그 김 회장 입장에서는 어머니가 마치 친정어머니 같을 거예요. 이국에서 만난 친정어머니! 바로 어머니십니다. 그려. 그렇게 하신 말씀이 메아리 되어 어머니에게 고스란히 다가오니 어머니 또한 행복해지게 되죠.

베푼 사랑이 다시 돌아와 사랑을 돌려받게 되는 사랑, 저는 이 사랑의 법칙을 '메아리 사랑'이라고 얘기하고 싶어요. 메아리 사랑의 휴머니스트, 어머니를 존경할 수밖에 없네요. 그분, 김회장, 김 여사, 아니 김 간병인! 메아리 사랑에 감동되어 친정어머니 같은 칭찬 멋쟁이 어머니를 지극정성 모실 게 뻔합니다. 어머니는 사랑의 수호천사인 김 회장이 늘 옆에 있어서 참 좋겠어요.

예수 그리스도 얘기 조금 하고 싶네요. 없는 자, 가난한 자, 주린 자, 과부와 고아, 길 잃고 방황하는 자, 고독한 자를 위해 오신 예수님! 어머니를 보면 마치 예수님의 또 한 사람의 제자 같다는 생각이 들어요. 앞으로도 김 회장님을 더 많이 칭찬으로 보듬어 주길 바라요. 드리고 싶은 말씀은 한이 없고 끝도 없지만 여기서 이만 맺어야겠네요. 끝으로 저 푸른 하늘, 저 창공, 은하수 가득한 우주를 향해 소리 높여 외칩니다.

"어머니, 사랑합니다!"

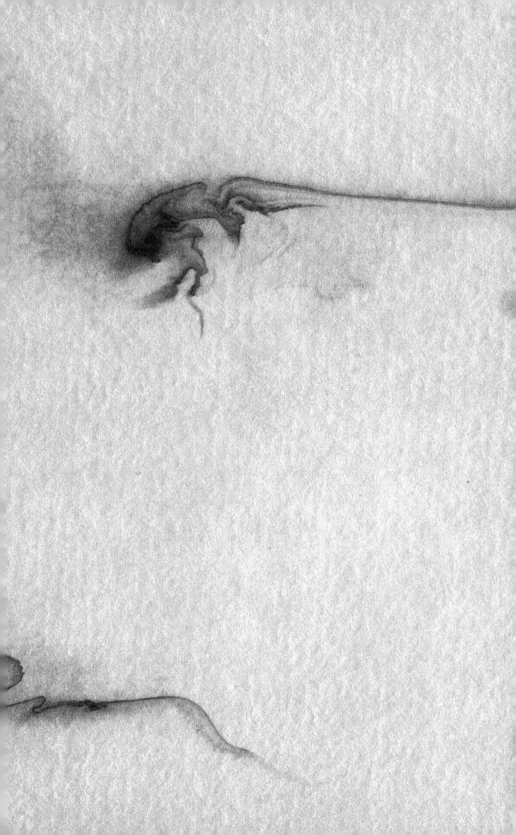

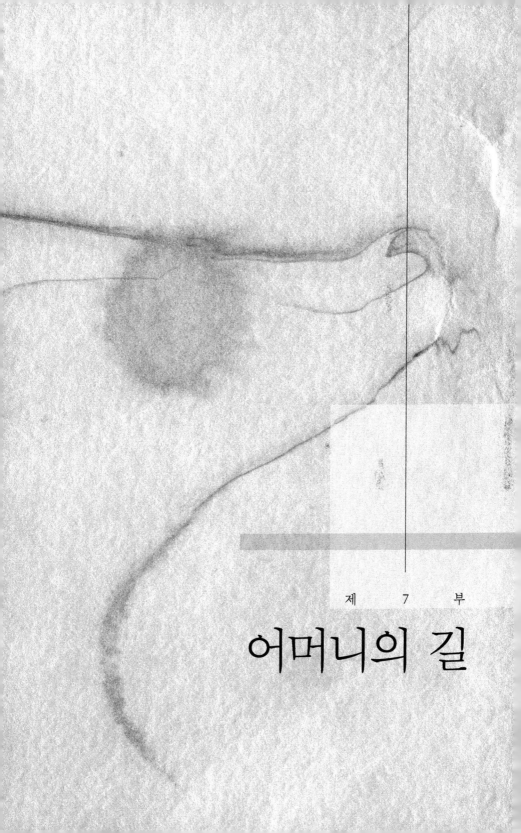

제 7 부

어머니의 길

정명훈 어머니 이야기

일러 정鄭 트리오. 한국이 낳고 한국이
자랑하고 세계가 인정하는 정명훈 지휘자를 비롯한, 명화(첼리스트),
경화(바이올리니스트) 삼남매를 일컫는다.

2011년 5월, 뉴욕 퀸스의 공동묘지에서는 세상에서 한 번밖에 없
을 음악회가 열린다. '정 트리오'를 비롯한 7남매와 그들의 자녀가 함
께 하는 이 음악회는 어머니 고故 이원숙氏를 기리는 공연이다. 잠시
이원숙 씨에 대한 이야기를 나누어 볼까.

> 누군가의 어머니가 어쩌면 세상에서 가장 훌륭한 '직업'이 될 수 있
> 음을 증명한 이원숙(93) 씨. (중략) 이 씨가 자녀들에게 음악을 가르
> 치기 시작한 것은 광복 후 서울 충무로 근처에서 천막을 치고 국
> 밥 장사하던 시절이었다. 시장에서 놀던 아이들 언행이 거칠어지자
> 그는 외상으로 피아노를 들여놨다. (중략) 이 씨는 엄격한 관리를
> 통해 자녀를 훌륭하게 키워낸 이른바 '수퍼맘'의 원조다. 그러나 그
> 는 닦달하지 않았다. 대신 자신의 재능을 알아보고, 스스로 움직
> 이도록 하는 능력이 탁월했다.

"극성스러운 여자라고 주변 사람들 입에 오르내린다는 것도 알고 있습니다. (중략) 그러나 나는 7남매를 키워오면서 한 번도 야단을 쳐본 적이 없습니다. 할 수만 있으면 무언가 칭찬을 해 주었고, 잘 못이 발견되면 근본 원인을 찾아 해결하려고 노력했습니다."

미국 이민 초기 명훈은 스포츠에 빠져 피아노를 등한시했다. 어머니는 식당에서 일하며 받은 팁을 모아 할부로 그랜드 피아노를 들여놨다. 아이는 슬그머니 피아노 앞에 다시 앉았다. (후략)[51]

기사 말미에 기록한 이 여사의 예술혼의 현장을 스케치해 본다.

"부드럽지만 뜨거웠던 분. 생일·입학 같은 격식을 챙겨주는 것보다는 필요한 부분에 딱 집중해서 '셋업'해 주는 분."

— 취재 기자

"한 번 결정하면 무서울 정도로 대담하신 분."

— 경화

"말도 안 되는 열정이라도 존중해주신 분. 열 명이 넘는 전문가에게 열 번을 물어서라도 올바른 길로 안내해주신 분."

— 명화

어머니 시골 아낙네의 '어머니 정신'과 이원숙 여사의 예술혼은 어쩔 수 없는 슈퍼맘의 길이지 않았을까.

---

51 조선일보, 2011년 5월 17일. A14. '鄭트리오, 뉴욕 묘지서 어머니 위한 작은 음악회 모친 이원숙 여사 별세' 일부 인용.

베토벤 어머니 이야기

"온 인류가 존경하는 악성樂聖 베토벤의 어머니는 어떤 분이었을까? 베토벤은 아버지는 싫어했지만 어머니에게는 순종하였다. 베토벤에게 있어서 어머니는 어린 시절에 마음을 의지할 수 있는 유일한 존재였다. 예를 들면 어머니는 술에 취해서 들어온 아버지가 어린 베토벤을 구박할 때에 앞장서서 보호해 주었다.

어머니는 병으로 몸이 쇠약해질 대로 쇠약해진 상태임에도 불구하고 베토벤이 비엔나로 가서 장래를 개척하겠다고 하자 장한 일이라고 하면서 오히려 격려하였다.

그리하여 베토벤은 비엔나에 와서 바야흐로 모차르트의 제자가 되어 본격적인 음악공부를 하려는 순간에, 아버지로부터 어머니가 위독하다는 전갈을 받았다. 베토벤이 비엔나에 온지 두 달 후였다. 베토벤은 짐작은 했지만 이렇듯 빨리 어머니의 병환이 악화될 줄은 몰랐다.

베토벤은 모든 것을 뒤로 하고 다시 본으로 갔다. 베토벤은 가까스로 어머니의 임종을 지켜볼 수 있었다. 어머니의 장례식을 마친 청년 베토벤은 인생에 대하여 갈등을 가지게 되었다.

'아, 인생이란 무엇인가? 왜 살아야 하나?'

베토벤은 음악을 포기하고 평범하게 살아갈 생각을 수없이 했다.

그럴 때마다 세상을 떠난 어머니가 베토벤에게
'너, 그게 무슨 생각이냐? 너는 세계에서 가장 위대한 음악가가 될
것이다. 열심히 노력하는 자에게 하늘의 보답이 있을 것이다.'
다시 비엔나로 돌아온 베토벤은 온갖 역경을 헤치고 세계 역사상
가장 위대한 음악가가 되었다. 악성 베토벤의 뒤에는 그를 격려하
고 지켜보며 후원한 어머니의 기도가 있었다."[52]

베토벤의 어머니 마리아 막달레나(Maria Magdalena)처럼 내 어머니
는 처절했던 우리들 칠남매들에게는 우상이었다. 특히 내 경우 더 크
게 다가왔다. 가야금 살 돈을 주셨던 분, 대학 학자금을 공급해 주신
분, 무엇보다도 고향 떠난 타향살이에서 조금도 실망하지 않고 어엿
하고 떳떳하게 교직생활을 할 수 있도록 정신적으로 지원해 주신 분,
바로 내 어머니시다.

---

52   정준극 블로그(http://blog.daum.net/johnkchung/6824565)에서 발췌 인용.

메르켈 어머니 이야기

독일 기독사민당의 총재로서 2000년에 집권하여 현재까지 총리인 메르켈(Angela Merkel)[53]. 그 배경에는 바로 '무티(Mutti) 리더십'이 있다. 무티란 독일어로 어머니를 뜻한다고 한다. 실제로 독일인들은 자기 총리를 일컬어 '무티'라고 한다고 하니 놀랍다.

어머니 리더십이 독일 국민들에게 믿음과 신뢰의 아이콘이 되었기에 세 번째 장기 집권 임에도 불구하고 독일인들의 사랑을 한 몸에 받고 있다. '어머니 리더십' 효과다. 그녀에 대한 신문 기사다.

메르켈 '뚝심'에 그리스 무릎 꿇다[54]

앙겔라 메르켈 독일 총리는 알렉시스 치프라스 그리스 총리와 구제금융 협상 과정에서 대화와 긴축 카드를 번갈아 꺼내들며 강온 전략을 구사했다. 하지만 '빚은 스스로 갚아야 한다.'는 원칙만은

---

53   1954년 7월 17일생 독일 소속 독일(총리). 2011년 미국 타임지 세계에서 가장 영향력 있는 100인 선정. 2011년 포브스 가장 영향력 있는 여성 100인 1위.
54   조선일보, 2015년 7월 14일자 일부 기사 발췌.

한결같이 유지했다. 메르켈은 이번 유로존(유로화 사용 19개국) 정상회의 17시간, 지난 11일 재무장관회의를 포함하면 약 48시간의 마라톤협상에서도 이 입장을 고수했다. 난산 끝에 나온 그리스 3차 구제 금융 안은 결국 메르켈의 강인하고 뚝심 있는 '무티 리더십'이 치프라스의 '벼락 끝 전술'에 승리한 결과물이라는 평가가 나온다.

메르켈의 '어머니 리더십'을 어머니에게 적용한다는 게 어불성설語不成說일지 모른다. 그런데 몇 가지 측면에서 부합하는 점이 없지는 않다. 우선 사람들의 신임이 두텁다. 먹거리 때문에 찾는 시장에서 어머니는 동생이니 언니니 하는 장터 사장님(?)들이 많다. 현금이 없으니 외상 거래를 할 수밖에… 그런데 외상으로 거래하면서도 눈살을 찌푸리거나 화를 내거나 큰 소리가 필요치 않다. 특유의 부드러움으로 상대방을 설득했고 약속을 틀림없이 지켰기에 두터운 신뢰를 쌓았던 것이다.

"저, 아주머니는 외상을 드려서 떼이는 법이 없어!"

메르켈 총리가 국민들에게 받는 신임과 장터 사장들로부터 받는 신임은 한가지라고 해도 손색이 없다. 다음으로는 신용거래에 철저하시다. 이미 지적한 것처럼 외상은 반드시 갚으신다. 눈 감고 지나치고 적당히 넘어가는 법이 없다. 그러니까 다음에도 외상거래를 하는 데 아무런 문제가 없었다. 우리 어머니의 거래장(Official list, 去來帳) 곧 거래 명세서는 신용 거래장으로 공증되어 있다. 누군가 그랬다. 어머니의 신용 하나는 국보급이라고….

하나 더 말할까? 근면하시다. 부지런함의 화신이다. 위아래로 딸

둘, 그 사이 아들 다섯을 두셨는데 맏딸은 일찍이 여의셨으니 나머지 다섯 머슴애와 맨 아래 막내딸 뒤걷이를 도맡으셨다. 살림 밑천 큰 딸을 일찍 시집보냈지만 가계를 돌볼 재원이 빠져나간다고 속상하다는 말을 들은 적이 없다.

흔히, 들은 말 중에 재수가 없어도 정말 없는, '박복薄福한 여자'라고 신세 한탄을 할 만함에도 불구하고, 일체의 자기비하의 말씀을 하신 적이 없다. 정말 부지런하게 사셨다. 빨래 생각이 난다. 자식들이 많으니 빨랜들 좀 많았겠나. 소쿠리에 가득 이고 또 이고 '샘골(지명)' 맑은 물을 찾아 그 많은 빨래를 하시면서도 일체의 구시렁거림이 없으셨다.

열심히 사신 대가는 애석하게도 만신창이가 되고만 몸이었다. 약을 잡수시는 날이 안 잡수시는 날보다 많았다. 하지만 어머니는 여기에 굴하지 않으셨다. 누워계시면 더 아프다고 하시면서 자리를 박차고 일어나서서 일을 찾으셨다. 일이 보약이었다.

마지막으로 어머니의 리더십이다. 실용주의[55]에 바탕을 둔, 사랑의 리더십이다. 내리사랑 리더십(Parental love Leadership)이다. 살신성인의 정신으로 자식을 돌보듯 지극정성으로 돌보는 돌봄 리더십(Human Care Leadership)이다. 없으면 만들고, 필요하면 찾고, 닫힌 문은 여셨다. 소통 리더십(Communicative Leadership)이다. 안 되는 일이 없는 '되는 리더십(Becoming Leadership)'의 소유자시다.

메르켈 총리가 그리스의 부채 문제를 해결하기 위해서 '긴축'을 요구했던 것은 바로 실용주의 리더십(Pragmatism Leadership)때문이었으

---

55   실생활에 유용한 지식과 실용성이 있는 이론만이 진리로서의 가치가 있다고 보는 주의.

리라. 철저한 실용주의자가 아니었으면 안 되었을 어머니. 메르켈과 같은 맥락의 소유자로 보고 싶은 까닭이다.

메르켈도 우리 어머니에게 박수를 보내지 않을까.

춤 추는 가족(이중섭)

사랑은

"사랑을 줄 수 없을 만큼 가난한 사람도 없고
사랑을 받을 필요가 없을 만큼 부요한 사람도 없다.
사랑은 줄수록 커지는 것이다."

- 효 & 하모니 선교회, 《효와 행복》 2016. 3월호. 32쪽.

윤동주 어머니 이야기

"1945년, 해방을 불과 여섯 달 앞둔 채 만 스물일곱의 나이로 후쿠오카 감옥에서 세상을 떠난 시인, 윤동주. 죽을 때까지 시단에 단 한 편의 시도 발표하지 못한 무명의 청년이었지만, 그는 지금 한국인이 가장 사랑하는 시인 1위에 올라있으며, 그의 시는 8개국의 언어로 번역돼 세계인들에게 사랑받고 있다."[56]

여기 윤 시인이 쓴 시, '어머니'가 있다.

어머니

윤동주

어머니!
젖을 빨려 이 마음을 달래어 주시오
이 밤이 자꾸 서러워지나이다

---

56   KBS 1TV. '불멸의 청년, 윤동주' (2016년 3월 6일 오후 8시) 중에서 발췌.

이 아이는 턱에 수염자리 잡히도록
무엇을 먹고 자랐나이까?
오늘도 흰 주먹이
입에 그대로 물려 있나이다

어머니
부서진 납인형도 슬혀[57]진 지
벌써 오랩니다

철비[58]가 후누주군이[59] 나리는 이 밤을
주먹이나 빨면서 새우리까?
어머니! 그 어진 손으로
이 울음을 달래어 주시오

　일본 후쿠오카 형무소에서 독립을 얼마 앞두고 죽음을 맞은 불운했던 저항시인이요, 민족시인인 윤동주가 쓴 시 '어머니' 중에 '젖' 얘기가 등장한다.

　　'어머니! 젖을 빨려 이 마음을 달래어 주시오.'

　갓난아이들에게 어머니 젖은 생명임을 두말해서 뭣하랴. 그런데 아이들만 그런 게 아닌 것 같다. 어른들에게도 젖은 생명인가보다. 애가 큰 게 어른이니 틀린 말은 아닌 것 같다.

57　'슬퍼'의 옛말. (저자의 견해)
58　'철(계절)에 맞춰 내리는 비. (저자의 견해)
59　비가 내리는 모양을 나타낸 고어. 의태어. (저자의 견해)

우리 어머니는 칠남매를 모두 어머니 젖으로 키우셨을까. 여름날, 모시 적삼에 비친 우리 어머니의 젖통은 통통했다. 칠남매를 이 젖으로 키우셨다. 자식들에게 젖을 어떻게 먹이셨을까 궁금한데, 살아계실 때 어머니에게 여쭙고 또 누님께 여쭙고 싶다. 억척 어머니가 젖 먹이는 것도 그랬을 것 같아서다.

어머니 젖은 나이 먹은 자식도 아이로 만든다. 어머니 젖은 그리움의 샘이요, 마음의 향수다. 큰 아이 윤동주는 어머니 젖을 시 속에서도 빨고 있다.

> "아! 어머니. 당신의 젖을 언제나 빨고 싶습니다. 외로울 때도, 슬플 때도, 그리고 기쁠 때도…. 당신의 젖은 여전히 저의 사랑의 젖줄입니다."

애기의 새벽

윤동주

우리 집에는
닭도 없단다
다만
애기가 젖 달라 울어서
새벽이 된다

우리 집에는
시계도 없단다
다만
애기가 젖 달라 보채어
새벽이 된다

힐러리 어머니 이야기

힐러리(Hillary Rodham Clinton)는 미국 차기 대통령 유력 주자다. 힐러리에게 가장 큰 영향을 미친 분이 그녀의 어머니라고 한다. 네 살 때 이웃집 아이에게 맞고 울면서 집에 돌아왔을 때, 그녀의 어머니 로댐 여사는, 겁쟁이는 우리 집에 발붙일 수 없다며 다시 맞서 싸우게 돌려보냈다고 한다. 신문 기사를 소개해 본다.

"하늘에 계신 어머니, 내가 대통령이 되도록 도와주세요."

힐러리가 자서전 '살아있는 역사(Living History)'에서도 소개했지만, 로댐 여사는 불운한 어린 시절을 보냈다. 그녀 부모는 딸을 키울 능력도 의지도 없었다.

여덟 살 때부터 조부모와 살아야 했는데, 그들 역시 무책임하다는 점에선 부모와 다를 게 없었다. 학대와 무관심 속에 성장한 로댐 여사는, 열네 살 때 조부모 집을 나와 위탁 가정에서 생활하며 가사 도우미로 일주일에 3달러씩 벌었다. 하지만 로댐 여사는 용기를 잃지 않았다. 공부와 노동을 병행하면서 고등학교를 졸업했고, 고향 시카고로 돌아와 취업한 뒤 가정을 꾸렸다. 힐러리를 강인하게 키운 사람도 바로 어머니였다.[60]

우리 어머니가 로뎀 여사보다 잘했다고 할 수 없지만 그렇다고 못한 것도 없다. 어머니는 로뎀 여사와는 달리 생전 화를 내시는 법이 없었다. 처음도 사랑, 나중도 사랑이셨다. 긍정의 DNA! 사랑의 아이콘! 희생의 정신!, 긍정의 화신化身!

어머니의 삶 자체가 내 삶의 교과서였다.

---

60   조선일보. 2015년 6월 13일자 국제 A14면. 부분 인용.

인순이 어머니 이야기

주한 미군이던 인순이의 아버지가 떠나
버린 후, 인순이의 모친은 혼자 힘으로 친정 식구 11명을 부양했다. 인
순이는 말했다. 장군 같은 어머니의 뒷모습을 보면서 쓰러지지 않는 힘
을 배웠다고…. 철없던 아이가 가장 싫어하던 것은 보리밥이었다.

> "보리밥만 매일 먹다보니 이가 아플 정도였어요. 도저히 못 먹겠다
> 며 운 적도 있어요. 보리쌀은 아무리 삶아도 입 안에서 굴러다니기
> 만 했고…. 어쩌다 수제비를 끓였는데 하도 먹으니 쳐다보기도 싫
> 어졌고, 김치죽은 벌건 꿀 같았고…."

2005년 심근경색으로 별세한 모친에게 '차가운 라면'을 드린 게 회
한이라고 했다.

> "종일 굶으니 배가 너무 고파서 어머니를 못 기다리고 하나 남은
> 라면을 끓였어요. 어머니 꼭 절반을 남겼는데 차가워지면서 퉁퉁

붙었어요. 어머니를 기다리지 못해 결국 차가운 라면을 드시게 한 불효를 어찌할지…'[61]

인순이는 어머니를 장군이라고 표현했다. 어쩔 수 없는 장군에 대한 아픔! 그 아쉬움이 내 아쉬움이다. 그래서 효는 미래지향형이 아닌 현재 진행형이어야 한다. 행함이 없는 믿음을 죽은 믿음이라고 한다면, 행함이 없는 효 역시 죽은 효다. 이처럼 효를 해야 하는 이유는 너무도 간단하다. 부모님의 길이 곧 내가 가야할 길이다. 부모님만 늙는가. 아니다. 나도 늙고 너도 늙는다. 너, 나 할 것 없이 명심해야 할 부분인 것 같다.

'어버이 살아실 제 섬기기란 다 하여라(송강 정철)' 돌아가시고 나면 후회만 남는다.

자주 뵈어야겠다.

---

61   조선일보, 2015년 10월 10~11일. 土日섹션, 신정선 기자의 '눈빛', 일부 인용.

대선주자들의
어머니 이야기

조간신문에 '어머님이 누구니' 제하의 기사가 실렸다. 미국 대선주자[62]들이 지금에 있기까지, 그들의 밭이었던 어머니에 대한 이야기여서 주의 깊게 읽었다. 읽을수록 인생의 값진 교훈이 담겨 있다. 그리고 내 어머니를 한 번 더 떠 올렸다.

공화당 후보 '마르코 루비오' 상원의원의 어머니는 '아메리칸 드림 자체'다. 어머니 오리알레스는 어린 시절을 쿠바에서 보냈다. 아홉 식구가 단칸방에서 지냈고, 콜라병에 걸레를 입혀 인형으로 갖고 놀았다. 일자리를 찾아 미국으로 간 뒤 호텔 청소부가 됐다. 독하게 일하며 4남매를 대학에 보낸 그는 자녀들에게 "미국에 온 덕에 너희에게 진짜 인형을 사줬다. 후회 없는 선택을 해라. 과거를 후회하는 건 최악이다."라고 말한다. 루비오가 '자녀들이 부모보다 잘 사는 것'이 '아메리칸 드림'이라 믿는 이유다.

어떤 어머니의 못 이룬 꿈은 자녀의 신념이 됐다. 민주당 경선 후보

---

62   누가 대통령이 되던 어머니로부터 배운 '어머니 정신'이 미국을 이끌어 갈 것이다.

'버니 샌더스' 상원의원 이야기다. 모친 도로시의 평생소원은 '내 집 장만'이었다. 도로시는 아들의 고교 졸업 직후 46세의 나이로 숨졌다. 방 두 개짜리 월세를 벗어나지 못했다. 샌더스는 "그때 가난이 가족에게 주는 영향, 경제적 계급에 대해 생각하게 됐다."고 말한다. 그는 지난 20여 년간 '부의 재분배' 등 진보 법안 만들기에 매진해 왔다.

열세 살에 결혼했다가 이혼한 싱글맘 흑인 여성 소냐는 까막눈이었다. 디트로이트 빈민가에서 하루 18시간씩 허드렛일을 전전하는 사이 두 아들은 난폭해졌다. 자녀들에게 꿈을 만들어 준 건 그가 낸 숙제 '한 주 독후감 두 번'이었다. 현지 매체는 "까막눈이었던 소냐는 아들의 감상문을 읽는 것처럼 천천히 넘긴 뒤 사인을 해서 돌려줬다."고 했다. 세계 최초로 머리 붙은 샴쌍둥이(신체 일부가 붙은 쌍둥이.) 분리를 성공한 의사이자 공화당 유일의 흑인 후보인 '벤 카슨'이 그의 아들이다.

미 부동산 재벌 '도널드 트럼프'의 어머니 메리 앤은 '1달러의 가치'를 가르쳤다. 갑부였지만 자녀들에게 '빈방 불끄기', '음식 남기지 말 것'을 강조했고 신문 배달을 시켰다. '막말'로 유명한 트럼프가 정작 커피·술·담배를 해본 적이 없는 것도 어머니의 엄격한 훈육 덕분이다. 말썽부리는 트럼프의 행동을 바로잡고자 '뉴욕 군사 아카데미'로 보내기도 했다.[63]

　　아메리칸 드림의 꿈을 심어준 루비오 상원의원의 어머니, 부의 재분배를 가르쳐 준 버니 샌더스 상원의원의 어머니, 자녀들에게 꿈을 심어준 흑인 후보 벤 카슨의 어머니, 1달러의 소중함을 가르친 도널

63　조선일보, 2015년 8월 25일, A17면, 전문 발췌.

드 트럼프의 어머니, 이들의 뒤에는 어머니가 버티고 있었다. 누가 대통령이 되던 어머니로부터 배운 '어머니 정신'이 미국을 이끌어 갈 게 분명하다.

어머니는 위대하다.

가족과 비둘기(이중섭)

에필로그

작년 '어버이날의 슬픔'으로 촉발된 어머니에 대한 안타까움을, 생각이 머무는 곳에서 연필이 가는 대로 주섬주섬 모아 보았다. 회갑을 넘긴 나이 를 탓할 게 없다. 여전히 글 풀기가 하늘만큼 땅만큼 어렵다. 글자 한자 한자를 들여다보는 것은 정말 고역이었다. 글 고문이라고나 할까. 또한 누구에게나 어머니는 소중한 분인데 '이만한 고생 안 하신 어머니가 누군들 없을까?' 하고 되뇔 때는 유별난 유난이 아닌가 싶었다.

그런데 이상했다. 어머니에 대한 글쓰기는 특별한 뭔가가 있었다. 봄이 되어 움트기 시작하는 꽃망울처럼 신비로운 힘이 밀려왔다. 봇물 터지듯 다가오는 영혼의 울림이 내 안을 채웠다. 그랬다. 어머니는 글을 적는 내내 나와 함께 숨을 쉬고 계셨다. 책상머리에 다가오셔서 따뜻한 손을 내밀고 어깨가 처질 때마다 다독여 주셨다. 들추는 흔적마다 주체할 수 없는 어머니의 정신이 살아났다. 한여름 날의 이글거리는 태양열처럼….

아쉬운 점이 여럿 있다. 내 눈높이에서 어머니의 흔적 찾기여서 더 높은 곳에서, 더 멀리 바라보지 못했다. 눈동냥과 귀동냥의 밑천이 소재가 될 수밖에 없어 안타까웠고, 어머니의 진심에 얼마나 다가섰을까 걱정이다. 어머니의 진정성에 누가될까 두렵다. 그리고 잘못된 정보가 소개되었다면 이는 분명한 나의 실수다. 본의 아니게 오해를 사는 부분이 있을지 모르겠다. 걱정되는 부분이 또 있다. 여기 이 글은 어머니에 대한 순수한 나의 경험이다. 어떨 때는 내 개인적인 상상이 개입되었을지도 모른다. 고령의 어머니하고 대화하기가 힘든 현실은 물론 여러 형제들과의 대화 부족 등은 여전히 아쉽다.

이 글을 쓰는 목적의 하나를 말해 볼까. 어머니 살아생전에 봉정奉呈해 드리고 싶은 욕심이다. 어천만사於千萬事에는 때가 있다고 한다. 때를 놓치면 후회만 있을 뿐이다. 흐르는 시간은 분초를 다투어 어머니의 모든 것을 앗아가고 있지 않은가. 어머니의 눈이 조금이라도 밝을 때, 귀가 조금이라도 잘 들릴 때, 무엇보다도 글을 읽으실 만한 기력이 눈곱만큼이라도 더 있으실 때 보여드리고 싶다. 이 글의 말미에 적은 '어머니에게 드리는 편지글'(메아리 사랑)은 혹시라도 모를 만일에 사태에 대비하여 지난 설날에 갖다 드렸다. 잘했다는 생각이 들었다.

아버지와 맏형에 대한 불편한 진실을 토해낼 때는 죄의 덤터기에서 벗어나는 것 같아 홀가분했다.

어떻든지 간에 어머니를 생각한 지난 1년은 희망이었다. 그리고 사랑이었다. 더 감사한 것이 있다. 다가올 내 삶의 여정에도 희망일 것 같다. 사실 출판이 가능할까 많이도 주저했고 망설였다. 해냄의 자신감! 모든 분들께 감사하지만(우문현답인가?) 나에게도 감사한다. 어머니께 배운 적극성! 그러니 이것 역시 어머니의 은혜다.

빛바랜 사진을 들출 때마다 희망의 어머니를 다시 만났다. 그리고

추억을 반추할 때는 어머니의 사랑에 빠졌다. 그럴 때마다 어머니는 메시지를 주셨다. 과거에 머물지 말고 계속 전진하라는 격려의 메시지, 오늘에 머물지 말고 내일에 대한 꿈과 희망의 사람이 되라는 권면의 메시지, 무엇보다도 자손과 후대들에게 '어머니 정신'을 가르치라는 대목에서는 마치 명령하시는 듯했다.

아직도 몇 꼭지의 잔상들이 별똥별처럼 휙휙 스친다. 출판 의뢰 후의 뒷이야기를 다 싣지 못해 유감이다. 하지만 미완성의 여백에 그 아름다움의 진실을 묻어 두고 싶다. 왜냐하면 끝나지 않은 어머니의 잠언箴言은 계속 이어질 것이기 때문이다.

무엇보다도 살아생전에 어머니에게 이 책을 바칠 수 있어 너무 감사하다. 행복하다.

감사합니다!

출판사 이곳저곳을 두드렸다. '북랩'에 필이 꽂혔다. 기대 반 우려 반으로 원고를 보냈다. 출판사업부장(김회란 님)으로부터 문자가 바로 들어왔다. '감동'이라는 단어를 두 번씩이나 적어 내 글에 대한 소회를 전해왔다. 감동 받은 건 오히려 나였다. 믿음이 갔다. 편집부 김예지 님과 디자이너 신혜림 님의 수고가 많았다.

바쁘신 중에도 추천의 글을 써주신 두 분, 정말 감사하다. 전 부총리 겸 교육부장관 황우여 님께 감사드린다. 겸손하신 모습을 뵐 때마다 '끝나지 않은 잠언箴言'이 출간될 경우 추천의 말씀을 부탁드리고 싶었다. 언제나 환하게 웃으시는 모습과 자상한 응대로 미루어 추천의 변을 보내주실 것 같았기 때문이다. 교육부장관 재임 시절, 만남의 인연을 소중하게 생각하시고 그 때 어렴풋이 건넨 내 뜻을 잊지 않으시고 그 약속을 지키셨다. 또한 세계 유일의 효학 연구의 전당인 '성산효孝대학원대학교'의 설립자요 명예총장이신 최성규 목사님의 추천 글은 벅찬 기쁨이요, 그 의미 또한 값지다. 더구나 지금도 여전히 '효가 살아야 나라가 살고 인류가 행복해 진다'는 캐치 프레이즈 아래 세계를 향해 '성경적 효의 7대 사명'의 기치를 높이 들고 계시다. '효'

는 모든 덕의 으뜸이다. 종교와 이념과 시대를 품는 공통 가치를 세계 열방에 전하기 위해 동분서주하신다. 이 책의 '행함이 있는 효'를 가상하게 평가해 주시고 귀한 글을 보내주셨다. 두 어른께 '무릎 큰절'의 감사 인사를 드린다.

글의 상징적 이미지를 담아 진정성 있고 생동감 있는 삽화를 그려 준 초대작가 김지연 님께 감사한다. 이 삽화들과 글 조각들이 융합과 조화를 이루어 책장을 넘길 때마다 읽을 맛을 더할 것 같다. 살아 있는 그림에서 어머니가 숨 쉬고 계시니 그 수고에 어찌 감사해야 할까.

몇 번의 요청에도 싫은 내색 한 번 없이 흔쾌히 수락하고 문장의 요모조모를 짚어준 내 딸 순하와 몇 분의 조력자들께도 감사하다. 당초 책의 제목을 영문으로도 표기하려고 했으나 제목의 선명성을 고려하여 생략했다. 영문 제목은 'Never Ending the proverbs of Mom'이었는데 번역을 도와 준 내 며느리 이기영에게도 고맙다는 말을 전하고 싶다.

또 있다. 윤동주尹東柱와 이중섭李仲燮이다. 두 분 모두 가혹한 시대 상황 속에서 순수하고 참다운 인간의 본성을 주옥같은 시어로 읊었고, 가족의 소중함을 절절하게 그림으로 표현했다. 이분들의 작품을 대할 때마다 필자의 마음에 어떤 동질감이 느껴졌다. 그리고 이 글을 읽어주신 분, 당신께 감사하다.

낳아주시고, 길러주시고, 키워주신 내 인생의 멘토, 내 사랑하는 어머니께 (살아계실 때) 이 책을 바칠 수 있어 감사하다. 효를 명령하신 나의 성령 하나님께 모든 영광을 올린다.

할렐루야!